L'INCONNUE DE LA CHAMBRE 313

L'INCONNUE DE LA CHAMBRE 313

GENEVIÈVE SENGER

RAGEOT • ÉDITEUR

ISBN 2-7002-2955-X
ISSN 1766-3016

À mon fils Pierre-Antoine
qui dit que skateboarding
is not a crime.

Elle est jeune et jolie.

Elle est debout dans une chambre d'hôtel, ses mains vont et viennent de la penderie encastrée dans le mur vers la valise à coque rigide – très utile pour les voyages aériens. Ses doigts frémissent sur les habits qu'elle fourre dans la valise dont elle laisse retomber le couvercle.

À présent, ils tremblent tant qu'elle peine à fermer la serrure.

Elle pose la valise sur la moquette, mais la chaleur, gluante, presque palpable, l'empêche de mener sa tâche à bien. Les mains glissent, hésitent, abandonnent.

Elle donne un coup de pied à la coque rouge, grimace, jette un coup d'œil vers le thermostat de la climatisation qu'elle a tenté de régler seule, tout à l'heure, en vain. Et puis maintenant il est trop tard pour appeler à l'aide, elle n'a que trop tardé, le moment est venu. Trop tard aussi pour essayer de fermer cette foutue valise.

Elle extirpe du placard un sac à dos qu'elle bourre, vite à présent, tout en jetant des regards furtifs vers la porte. Personne. Pour le moment. Elle a bien choisi son jour, son heure. Elle a mis des heures à se décider, cette nuit, sous le drap léger, fenêtres closes sur Paris, dans le silence du palace, murs épais, moquettes et capitons, secrets bien gardés, d'une suite à l'autre rien ne filtre.

Elle doit se taire. Tout son visage le dit, le hurle, les yeux clairs en amande, si pâles qu'on les croit translucides, la bouche surtout, lèvres serrées, mordues, mâchoires crispées, joues trop rouges, et la chaleur n'est pas seule en cause. Elle bout. Bloc de volcan mal éteint, lave qui couve, elle laisse tomber deux trois tee-shirts, un pantalon roulé en boule, le temps presse.

Elle entrouvre la porte, le sac serré sur son ventre, le visage contre le chambranle, clin d'œil rapide, rien à l'horizon, le couloir est désert en cet après-midi de canicule.

Elle atteint l'extrémité du corridor, cage d'ascenseur, à l'intérieur elle hésite, sur quel bouton appuyer. Elle renonce, s'engage dans les escaliers, trois étages, pas la mer à boire mais la prudence s'impose. Dans son cas, elle ne peut se permettre le moindre faux pas.

Sinon.

Sinon, tout peut arriver. Le pire surtout, elle le connaît déjà, elle l'a côtoyé, elle en a perçu la saveur âcre, l'amertume qui n'en finit pas de vous noyer le cœur.

C'est pour échapper au pire qu'elle doit fuir. Pour le laisser derrière elle, à jamais, dans cet immeuble de pierre de taille.

Le grand hall aussi est étrangement désert, hommes d'affaires à leurs affaires, touristes en train de faire leur boulot de touristes, lèche-vitrine et monuments de Paris, les Américains, Japonais, Russes, ont cela en commun : ils adorent dépenser. Elle aussi, en d'autres temps, elle était la première à fureter, à palper, à s'extasier, à sortir des boutiques les bras chargés de paquets.

Elle grimace, ce temps-là est derrière elle. Reviendra-t-il un jour? Pourra-t-elle redevenir celle qu'elle était avant, avant ce drame, la jeune fille insouciante, heureuse, sans problèmes?

Sûrement non. Jamais plus. Même si elle survit, ce dont elle doute. On ne peut pas survivre au pire.

Mais elle continue. Elle fuit. Elle fait ce qu'elle peut.

Elle pourrait rester, ne pas bouger et attendre. La mort, évidemment.

La mort autour d'elle, elle la sent, la renifle, la perçoit par toutes les fibres de sa peau.

Elle traverse la longue étendue recouverte de moquette épaisse, sans poser le regard sur le standardiste à son poste. Tout est calme. Seules deux vieilles dames, au bar, papotent en anglais.

L'homme derrière le comptoir lève un bras, mais déjà elle est dehors, sur le trottoir, elle ne se retourne pas, se hâte, court à présent, de plus en plus vite, avec la sensation d'une ombre derrière elle, qui la suit, elle accélère, son cœur s'emballe, elle s'arrête, à bout de forces. Depuis combien de temps n'a-t-elle pas couru ainsi ? Ces dernières semaines, toujours recluse dans sa chambre, le lit, les repas à heures fixes, le sommeil, et puis la fenêtre fermée.

Appuyée contre un mur, elle ose enfin lever les yeux. Des hommes, des femmes, des enfants passent sans se soucier d'elle. Indifférents. Au fond, ça lui convient, même si elle espère encore.

Mais qu'espère-t-elle au juste ?

Elle a fait tout ce qui était en son pouvoir.

Elle est seule à présent.

Elle est fière. Elle sourit. Elle a réussi. À déjouer leur surveillance. À passer outre.

Elle les a bernés.

Cela ne l'apaise pas pour autant. Ses yeux, un peu hagards, vont et viennent, cherchent et ne trouvent pas. Autour d'elle, des murs, des boulevards, des avenues se profilent, des monuments. On les lui avait promis, la tour Eiffel, Notre-Dame et la Conciergerie, l'Hôtel de Ville et le jardin du

Luxembourg. Rien de tout cela ne se fera. C'est là qu'« ils » l'attendent, au détour d'un musée, perdue dans le flot des touristes, « ils » la repéreront entre tous, elle est plus blonde, plus jolie que n'importe qui, et de toute façon son visage ils le connaissent, ils n'auront aucun mal à mettre la main sur elle. D'ailleurs, ils la suivent, sans aucun doute, quelque part, engloutis dans le flot des passants, en catimini, ils la guettent.

Elle marche. Droit devant elle. Elle se contente d'avancer, un pas devant l'autre, comme une somnambule.

Une somnambule qui aurait eu le réflexe de sauver sa peau.

Elle l'aperçoit, sombre, sans élégance, terne et se moulant parfaitement dans le décor. Juste ce qu'il lui faut. Un hôtel pas tout à fait borgne, mais où personne ne la verra, elle pourra se fondre dans l'obscurité des couloirs sans fenêtre, des chambres qui donnent sur des arrière-cours sans lumière.

Elle n'hésite plus, elle a appris à suivre ses impulsions. N'est-ce pas grâce à son instinct qu'elle est encore en vie ? Elle aurait dû mourir, comme eux, avec eux, mais elle a survécu. Ce jour-là, comme aujourd'hui, son instinct l'a guidée. Ce jour-là, elle a fait la morte, quand ils se sont penchés sur elle, elle n'a rouvert les yeux qu'au moment où son instinct lui a murmuré que le danger était écarté.

Elle pousse la porte vitrée.

Dans cet hôtel, elle sera en sécurité. Ils ne l'atteindront pas. Elle ne sera plus une morte en sursis. Elle pourra enfin se coucher, fermer les yeux et dormir. Dormir vraiment, se laisser aller dans la nuit, engloutir par les ténèbres, glisser dans les songes.

Cela ne lui est plus arrivé depuis longtemps.

Depuis le drame, elle a si peu dormi. Parfois, abrutie par les médicaments, elle s'assoupissait dans des rêves peuplés de cauchemars où toujours « ils » apparaissaient. Sans visage, à peine des silhouettes, des corps lourds, des formes pesantes qui s'abattaient sur elle, des mains qui se posaient sur sa peau, et puis plus rien. Elle se réveillait en sursaut, se dressait sur son lit, tremblante, les cheveux poisseux, les mains moites, les yeux écarquillés par l'épouvante.

Parfois, elle hurlait. On venait, on prononçait des mots rassurants, des mots pleins de douceur et de calme. On lui disait qu'on comprenait. Que c'était normal, que n'importe qui, après ce qu'elle avait vécu, ne pourrait s'empêcher de crier, de pleurer, de se débattre.

Ils ajoutaient : « Maintenant, c'est fini. »

Ils mentaient. Rien n'est fini.

Alors, elle a appris à se taire.

La poisse. Pour lui. Pour moi, c'est l'aubaine. Juste ce qu'il me faut pour me payer cette planche avec les roues qui conviennent. La tête d'Élodie quand je lui apprendrai que je viens de décrocher un boulot ! Enfin, restons modeste : une petite semaine dans un hôtel, petit lui aussi, pas de quoi crier au miracle économique, mais j'ai appris à me contenter du moindre bonheur qui passe à ma portée, surtout que celui-là m'est tombé dessus alors que je ne m'y attendais pas. Je m'apprêtais à errer tout l'été dans Paris, avec mon vieux skate pourri – Élodie, elle, doit se farcir des cours de rattrapage, ce qui me prive de sa présence une grande partie de la journée – lorsque, subitement, mon oncle tombe malade. En plein été, faut le faire mais il n'a jamais rien fait comme le commun des mortels. Donc, angine et une fièvre de cheval que la canicule n'arrange pas. Verdict du toubib lorsque son thermomètre a avoisiné les 40 °C : arrêt de travail, repos absolu, fraîcheur, évidemment relative, vu l'étroite lucarne sous les toits qui sert d'aération à sa chambre de bonne – dix mètres carrés –, antibiotiques à gogo et au minimum deux litres de liquide non alcoolisé, a précisé le gentil docteur en lorgnant les packs de bière entreposés dans un coin.

Je suis allé chercher médicaments et flotte, et c'est en remontant que j'ai appris la bonne nouvelle. Sam était assis sur son lit – enfin sur le matelas douteux qui lui sert de couche –, les yeux brillants, les pommettes écarlates. Il a entrouvert ses lèvres gercées par la fièvre dans un terrible effort, et j'ai bien cru que sa dernière minute était arrivée, mais il a tenu le coup et a murmuré d'une voix d'apocalypse :

– Jim, tu dois me rendre un service.

Moi, instinctivement, j'ai pensé « un dernier service » et, comble d'horreur, j'ai senti un fou rire pointer dans ma gorge.

– Jim, je ne peux pas les laisser tomber, alors j'ai réfléchi, il n'y a qu'une solution, tu vas prendre ma place.

– Ta place ? j'ai demandé, mais de quelle place tu veux parler ?

Mon oncle a soupiré en levant les bras au ciel.

– Tu es intelligent mais tu ne comprends pas vite ! Mon boulot à l'hôtel, évidemment ! Mon cher boulot qui me permet de ne pas crever de faim et de ne pas dormir sous les ponts. Encore qu'il fasse sûrement meilleur sur les berges de la Seine que dans ce taudis !

À bout de souffle, il s'est laissé retomber sur son oreiller. Il avait raison. Dehors, quoique la chaleur fût insupportable au point que les touristes ne pensaient qu'à se réfugier dans les musées pourvus de climatisation, la chaleur ne pouvait se comparer à l'étuve de la mansarde. Le soleil tapait en plein sur la lucarne et malgré les serviettes mouillées que j'avais placées un peu partout dans la pièce et le ventilateur à pales qui n'arrêtait pas de brasser l'air, on étouffait littéralement.

Mais déjà mon esprit s'était emparé de l'info et la digérait. Une semaine de boulot, ça devait suffire pour me payer la planche de mes rêves.

– Il n'y a qu'un seul problème, a précisé mon oncle, ton âge. Tu es encore un peu jeune pour ce travail ! Et pour ne rien arranger, tu n'as jamais rien fait de tes dix doigts à part bricoler ta planche bien-aimée !

– Pour commencer, j'aurai dix-huit ans au mois de janvier prochain, ai-je rétorqué, décidé à défendre mon beefsteak, en l'occurrence mon futur skate, et ensuite dire bonjour aux clients et leur tendre leur clef, ça ne doit pas être sorcier ! En plus, mon cher oncle, tu oublies que je suis un élève extrêmement doué en langues. Je suppose que dans ton hôtel, j'en aurai besoin !

– Bof, a grimacé l'oncle dans un ultime effort, on a surtout des voyageurs de commerce, des habitués, ou des gens en stage. Les étrangers préfèrent des établissements plus huppés, ou mieux situés, le Marais ou autour de Beaubourg, dans le cœur historique de Paris, pas un quartier populaire... Alors, ton anglais et ton espagnol ne te serviront à rien ! Mais enfin, je n'ai pas le choix, il faut que je t'envoie au casse-pipe, vu mon état plus déplorable de seconde en seconde. Tu as raison, tu sauras te débrouiller, c'est un hôtel si calme, si pépère, un enfant pourrait faire le boulot... Passe-moi mon portable, a-t-il achevé en se raclant la gorge – irritation due non seulement à l'angine, mais aussi au paquet de clopes quotidien que ses voies respiratoires ingurgitent depuis une bonne dizaine d'années –, que je donne un coup de fil à ma chère patronne pour lui annoncer la double nouvelle. Ensuite, tu appelleras ta mère pour faire semblant de lui demander son accord, qu'elle donnera, car tout ce qu'entreprend son fils est forcément bien...

C'est ainsi que j'ai gagné le gros lot. Ma mère, comme prévu, n'a opposé aucune résistance et Élodie a accueilli l'info en clignant des yeux, un tic qui s'empare d'elle quand elle est surprise.

– Toi ? Je croyais que tu voulais te reposer des fatigues du lycée ! Et que tu voulais consacrer ton été à ton skate, et, accessoirement, à ma personne.

Elle a fait la moue. Une moue que je connais bien, qui apparaît sur son visage dès que je n'obtempère pas à ses désirs, fort nombreux. Élodie a l'habitude que personne, et moi encore moins que personne, ne lui résiste. En un mot, c'est un tyran, à qui je pardonne tout. Ne me demandez pas pourquoi, je serais incapable de l'expliquer.

J'ai pris mon air le plus humble pour me justifier à ses yeux :

– D'abord je ne suis pas le big paresseux que tu crois ! Je reconnais qu'en classe je travaille le minimum, juste de quoi ne pas angoisser ma mère qui ne mérite pas que son fils unique et adoré l'inquiète, ensuite pour que les profs me laissent tranquille. Mais, à la maison, c'est moi qui assure quand ma mère travaille ! et j'ai accepté ce poste de veilleur de nuit pour pouvoir m'acheter une nouvelle planche. Et puis une petite semaine de boulot en deux mois ce n'est pas la mer à boire ! Je devrais peut-être même me décarcasser pour en faire plus !

Élodie n'a rien ajouté. Et pour cause. Elle sait que je ne roule pas sur l'or, que je vis seul avec ma mère qui peine à joindre les deux bouts comme on dit – charges, essence et bouffe payées, il ne reste pas grand-chose – alors qu'elle a un père avocat et une mère au foyer, toute la différence est là. Sauf qu'elle ne s'en vante pas. Au fond, elle n'y est pour rien, c'est bien pour cette raison que je lui pardonne. Et puis, au lycée, elle m'a tapé dans l'œil dès le jour de la rentrée, je n'avais jamais vu une fille aussi rousse qu'elle, une langue de feu, vêtue de rouge pour parachever le tableau. Bref, j'ai été brûlé.

J'ai repris en l'attirant vers moi, histoire de me faire pardonner :

– Je sais, je te laisserai un peu seule pendant quelques jours, mais on se rattrapera ensuite.

Elle a haussé les épaules et a jeté :

– On verra, j'aurai peut-être d'autres projets, moi aussi…

Je lui ai lancé un regard éploré qu'elle a fait mine de ne pas remarquer. Cette fille est d'une cruauté sans pareille. Comme dit Sam, je dois être un peu maso. D'après lui, je ferais bien de la fuir avant qu'elle ne me réduise en miettes. Mais je persiste et signe. Pourtant, pendant mes jours de lucidité, je me surprends à penser que notre relation ne résistera pas longtemps. Un jour, elle me plantera pour un type de son milieu, même look même esprit. Un fils à papa, avec bagnole et villa de vacances sur une île. Quant à moi, je ne vois vraiment pas par qui je la remplacerai. Aucune fille du lycée ne supporte la comparaison, face à Élodie elles ont l'air de navets pâlichons.

Je prends mon poste demain soir. Veilleur de nuit. La patronne, Ève Duval, la quarantaine sémillante et brushée, m'a donné le feu vert. J'ai eu droit à un topo complet et, pour mieux me pénétrer de ma mission, j'ai fait un essai jusqu'à minuit hier soir. Franchement, le boulot est fastoche : accrocher ou décrocher les clefs sur le tableau prévu à cet effet, sourire, prononcer bonjour, bonsoir, parfois répondre à une demande simple, comment programmer le réveil automatique – il y a une notice sur chaque table de nuit, mais apparemment les gens ne savent pas lire, elle est pourtant rédigée en français – ou à quelle heure le petit déjeuner est servi – renseignement placardé dans l'ascenseur –, mais il faut croire que les clients aiment parler.

Si je suis tellement pressé d'y retourner ce soir, ce n'est pas seulement pour le boulot… j'ose à peine y penser… Hier, une fille, ou une jeune femme, est arrivée en fin d'après-midi, et comme Mme Duval était dans la cuisine, c'est moi qui l'ai accueillie. J'ai tout de suite compris, au timbre de sa voix, qu'elle était étrangère, américaine sans aucun doute. Et là, mon cœur n'a fait qu'un tour ! L'Amérique, c'est mon rêve d'enfant et voilà que brusquement j'avais devant moi un ou plus exactement une messagère de ce pays convoité ! Et pas n'importe laquelle ! Malgré ses yeux cachés par des lunettes noires, sa veste qui dissimulait sa taille, ses cheveux plaqués sous un chapeau, j'ai deviné combien elle est belle. Elle dégageait quelque chose de nouveau, de terriblement attirant, quelque chose de différent, qui m'a laissé baba. Et puis, tout à coup, pendant que je lui demandais, en articulant péniblement tant j'étais déjà sous le charme, combien de nuits elle comptait rester à l'hôtel, elle a enlevé ses verres noirs et les a posés sur le comptoir. J'ai alors reçu son regard en pleine poitrine. Un regard incroyablement bleu, pâle et liquide. Mais aussitôt elle a remis ses lunettes, a renfoncé son chapeau sur ses cheveux blonds – aussi incroyablement blonds que ses yeux sont bleus – et j'ai remarqué que ses doigts sur le comptoir tremblaient. J'ai eu l'impression qu'elle venait de courir, ou du moins de marcher vite, d'ailleurs elle a porté une main sur sa poitrine comme pour tenter de calmer les battements de son cœur, mais je n'ai pas eu le temps d'approfondir la question que déjà Mme Duval, de retour, articulait dans mon dos, de sa voix polie, un rien mièvre :

– Jim, tu peux donner la chambre 313 au premier étage, juste à côté de l'ascenseur.

Tout ce que je sais c'est qu'elle reste plusieurs jours, elle n'a pas précisé combien. Mme Duval lui a demandé de payer trois nuits d'avance, et elle a extirpé une liasse de billets en euros de son sac à dos, rangés en vrac parmi quelques vêtements. Étrange, ai-je pensé, elle n'a pas de portefeuille ? Bien sûr, je n'ai fait aucun commentaire, j'en aurais été bien incapable, même de lancer une plaisanterie qui serait restée lettre morte, cette fille n'avait pas l'air de vouloir rigoler. Elle avait l'air ailleurs.

Mon Américaine a pris les clefs de la 313, et, passant devant la porte, elle a jeté vers l'extérieur un regard rapide, puis s'est hâtée de grimper les escaliers, à demi absorbée par une immense veste à carreaux. Je me suis dit que c'était vraiment bizarre de porter un tel vêtement par une chaleur pareille. Décidément, cette fille est hors du temps. En plein no man's land. D'ailleurs elle était seule. Je n'imagine pas du tout Élodie descendre seule dans un hôtel de quartier. Elle, il lui faudrait sa bande, la demi-douzaine de garçons et presque autant de filles qui gravitent autour d'elle et la considèrent comme leur gourou.

Celle-là, de fille, ne ressemble à personne. Elle n'a pas souri une seule fois. N'a pas remercié. N'a pas répondu non plus à mon bonsoir. Exactement comme si je n'existais pas.

Je me demande si l'Américaine m'a seulement remarqué.

Pourtant, elle aurait dû ! Mon mètre quatre-vingt-cinq ne passe pas inaperçu en général. Élodie, qui a un sens aigu de la beauté, m'a choisi entre tous, ce qui est un critère non négligeable, sans me vanter. Elle prétend que j'ai un sourire ravageur, un profil en lame de couteau éblouissant de pureté (je reprends ses propres mots), et des yeux de nuit sans lune. Autrement dit, j'ai un teint très mat, des cheveux et des yeux noirs, et je suis tout en longueur, en muscles, sans un gramme de graisse.

Je suis presque sûr que l'Américaine m'a vu. N'est-ce pas pour mieux me regarder qu'elle a enlevé brièvement ses lunettes noires ?

Sur ces pensées profondes, je m'apprête à quitter le minuscule appart que je partage avec ma mère, face au canal Saint-Martin, et à commencer ma première vraie nuit, seul comme un grand dans l'hôtel archiplein. Dans un sens, qu'il soit complet m'arrange, je n'aurai pas besoin d'accueillir un client à la recherche désespérée d'un toit pour la nuit. Avec le panonceau complet, je serai peinard jusqu'à la relève. Trois sandwiches pour calmer mes fringales, du café pour me tenir éveillé, un bon polar américain, j'ai découvert Chester Himes et je n'en décolle plus. Quand j'en aurai fini avec lui – malheureusement, il ne risque plus d'écrire – je m'attaquerai à un autre big monstre, Philip Roth, vivant celui-là, j'aurai chaque année un nouveau roman à me mettre sous la dent. Parce que l'Amérique, j'adore, envers et contre tout. Ça agace Élodie qui ne comprend pas ce que je trouve aux States. Elle, ce sont plutôt les îles qui la branchent. Maurice, Seychelles, Jamaïque, Cuba, des îles de pauvres où les riches se gavent de homards en regardant les autochtones crever de faim de l'autre côté des grilles sécurisées.

Téléphone, c'est Élodie. Elle a oublié que je suis sur la brèche, dans une heure je pointe au turbin, moi, alors qu'elle... D'ailleurs, comment va-t-elle occuper sa soirée ?

Je décroche. Sa voix, gaie, vivante, me fait du bien. Bizarre comme d'avoir rêvé à l'inconnue de la chambre 313 et à l'Amérique m'a filé le blues (mais le blues, j'adore).

– Cette nuit, on danse chez Arnaud, tu sais, celui dont les parents sont...

Je l'interromps. Pas envie de savoir ce que trafiquent ses parents, c'est un gosse de nantis, ça se sent à vue de nez. Pour tout avouer il ne m'inspire pas.

– Amuse-toi, et n'oublie pas qu'on se voit demain aprèm, quand je me serai reposé des fatigues de cette nuit.

– Je sais. À plus, je t'embrasse !

Elle a déjà raccroché. Cette fille, c'est du vent pur, de l'ouragan, du feu. Je me demande si j'arriverai à la suivre encore longtemps. Parfois, elle me fatigue. Dynamisme, bonne humeur, vitalité, c'est bien beau, mais je suis du genre à passer la moitié de ma vie à bouquiner, le reste à casser mes planches sur les trottoirs de Paris. Le lycée, entre les deux. Comme le déplore ma mère, je manque d'ambition. Comme ton oncle qui pourrait faire mieux que veilleur de nuit, ajoute-t-elle les soirs où elle rentre exténuée de sa journée d'assistante particulière d'un directeur particulièrement odieux. N'exploite pas ses capacités, remarquent mes professeurs qui donnent raison à ma mère.

Le problème, c'est que toutes les matières me paraissent faciles mais que je n'ai de goût pour aucune, sauf peut-être la littérature, pourtant même la littérature, dans la bouche de certains professeurs, devient ennuyeuse.

Quand je pense que j'entre en terminale en septembre et que dans moins d'un an, le bac en poche, je devrai choisir mon avenir, comme ils disent, j'en ai le cœur dans les pattes ! Mais pour l'instant, il faut que je me dépêche si je ne veux pas arriver en retard !

– Bonne nuit, m'an, j'apporterai les croissants demain matin.

Ma mère sourit, se hausse sur ses pieds pour passer une main légère dans mes cheveux.

– Toi aussi, mon grand ! Le café sera chaud quand tu rentreras, et on aura le temps d'échanger quelques mots avant que je parte au bureau. Je suis curieuse de savoir comment se sera passée cette première nuit... la première fois que tu travailles, Jim, ça me fait tout drôle !

Et à moi donc !

Je dévale les trois étages et file vers la place de la République. L'hôtel étant situé rue du Grand-Prieuré, j'en ai pour un quart d'heure en longeant le canal Saint-Martin, j'achèterai un magazine au kiosque, au cas où mon polar ne me dure pas jusqu'au matin, et quelques barres de chocolat pour grignoter pendant que Chester me racontera sa petite histoire de voyous américains. Il s'y connaît, puisqu'il a écrit ses premiers bouquins cloîtré dans une cellule. Rien de tel que la matière brute pour devenir écrivain ! Moi avec la vie pépère que je mène je ne risque pas de me retrouver derrière les barreaux ni d'écrire un polar.

– Vous ne pouvez pas faire attention !

Une vieille dame, d'une voix aigre, me rappelle à l'ordre. On ne skate pas sur les trottoirs au risque de percuter quelqu'un. Les skaters sont mal vus. On ne nous pardonne rien. On aimerait nous parquer dans des enclos, loin des villes, jusqu'à extinction de notre passion perturbatrice. Mais j'aime Paris, son macadam, les arêtes des trottoirs, et personne ne pourra m'empêcher de considérer ma planche comme mon moyen de locomotion. En plus, je ne pollue pas, moi !

Je balance un « Pardon, madame ». Puis, faisant fi des regards franchement hostiles et des remarques aigres-douces, je traverse la place de la République grouillante de monde.

Je me demande si la fille étrange est toujours là. Avec son regard bleu, sa peau blonde et sa voix de gamine paumée.

Je crois que c'est sa solitude qui m'attire. Jamais je n'ai rencontré quelqu'un qui a l'air aussi irréductiblement seul.

Seul dans son monde. Seul et sans espoir.

Cette fille est complètement désespérée.

Je voudrais pénétrer dans son monde.

Mais j'ai l'impression que c'est un monde si fermé qu'elle a perdu les clefs pour l'ouvrir.

C'est fou, ce soir je me sens incroyablement romantique, genre sauveur à qui tout est possible. Et je me surprends à penser :

Ma belle inconnue, mon Américaine perdue, moi Jim, je t'aiderai à trouver les clefs qui t'enferment dans ta prison intérieure, je t'emmènerai là où tu pourras rire et sourire, laisser flotter tes longs cheveux blonds, enlever ces lunettes qui cachent tes beaux yeux clairs, tes mains ne trembleront plus, tu ne jetteras plus des regards éperdus autour de toi, l'amour véritable supprime la peur.

Tu rêves, Jim ! Pourquoi cette fille aurait-elle peur ?

N'est-ce pas plutôt toi qui as peur de la revoir ?

J'ai peur, mais pour rien au monde je ne rebrousserais chemin.

Je suis arrivé.

Ma planche sous le bras, je pousse la porte.

Elle est couchée sur le lit double. Un livre fermé repose sur le drap blanc. La fenêtre est ouverte sur la cour. Une arrière-cour minuscule, où trois géraniums gonflés aux engrais rivalisent avec deux plantes artificielles. La rumeur du boulevard parvient jusqu'à elle, atténuée par les murs des immeubles, parfois un pleur d'enfant s'élève des appartements d'en face.

Elle a les yeux légèrement mi-clos, elle porte une robe au tissu chiffonné par le passage dans le sac à dos posé contre le papier peint fleuri du mur. Sur la table minuscule qui fait office de bureau, le chapeau. Très utiles, les chapeaux qui permettent de se dérober aux regards. Le garçon de la veille, par exemple, elle a senti ses yeux qui la fouillaient, essayaient de traverser le rempart dérisoire de la paille. Elle en a eu la peau comme brûlée.

Elle scrute la porte. C'est par là qu'« ils » arriveront. S'ils la retrouvent. On finit toujours par retrouver ceux qu'on cherche, quand on y met le prix et l'énergie nécessaires. Et ceux qui la traquent ne la lâcheront jamais. C'est du moins ce qu'elle pense. Et elle ne pense qu'à cela, nuit et jour. À eux, qui la guettent, tapis mais prêts à bondir. Et personne ne pourra rien pour elle. Personne ne pourra s'interposer entre eux et elle.

Elle a voulu quitter le palace pour sauver sa vie ; elle a voulu fuir. Mais on n'échappe pas à son destin. Une phrase la poursuit : « Voyager n'est pas guérir son âme. » Et son âme, plus encore que son corps qui ne porte aucune trace du drame, n'est qu'une plaie vive.

Elle a peur. Elle transpire. L'hôtel n'est pas climatisé, et la chaleur de la cour monte jusque dans la chambre. Jamais on n'a enregistré de tels records de température. Si elle écoutait la radio, elle saurait que déjà les hôpitaux crient au désastre, que les services d'urgence appellent à l'aide. Mais elle n'écoute rien d'autre que son angoisse qui tient toute la place. La radio, la télé, le livre, ne peuvent rien pour la dissiper.

Il faut qu'elle trouve les mots pour les poser sur ce qui fait si mal. Sur ce qui la terrifie au point de l'obliger à se terrer comme une bête aux abois dans une chambre anonyme, loin de tout ce qu'elle aime.

– Ils sont morts et je suis vivante.

La phrase est laconique et terriblement simple, elle pourrait s'articuler ainsi, d'ailleurs elle la prononce, doucement, presque un murmure, les yeux grands ouverts à présent dans la nuit qui descend sur la chambre.

Elle continue, surprise de pouvoir parler, d'avoir renoué avec sa voix qu'elle croyait éteinte.

– Ils ont tué mon père et ma mère.

Elle se vautre à présent dans les eaux putrides, elle croit sentir les odeurs de vase, d'algues décomposées, mais c'est sa sueur qu'elle renifle, l'angoisse pue, elle se répand en gouttelettes qui suintent de sa peau, imbibent le tissu de la robe.

Elle se mord les lèvres, retient sa respiration, ne plus sentir, ne plus rien sentir, ne plus se sentir. Ils sont morts et elle est vivante.

J'aurais dû mourir avec eux, pense-t-elle. On serait ensemble et je n'aurais plus peur. Eux me croiraient, ils ont certainement aperçu la mort avant qu'elle ne s'abatte sur eux. On l'a vue de près, tout près, sauf que moi j'y ai échappé. Par miracle. Ou plus exactement par hasard. Le miracle et le hasard ont souvent le même visage. Ce visage-là était étrangement indifférent. Il s'était penché sur elle et avait constaté : « C'est fini. » Elle est sûre que si elle parvenait à mettre des traits sur ce visage, un nez, une bouche, des yeux, elle comprendrait tout : qui a tué ses parents, qui tente de la tuer, elle.

Son boulot achevé, le visage s'était éloigné. Elle avait rouvert les yeux, déjà l'ambulance, les sirènes hurlantes, le brancard, la seringue, et puis plus rien, que la nuit bienfaisante, la nuit de l'oubli.

Après, ils l'avaient ramenée à la vie. Un bras cassé, une blessure à la jambe, ça se répare.

À l'intérieur, la plaie est restée béante.

Elle se crispe, ses mains agrippent un bout de drap blanc. Blanc comme un suaire.

Elle tend l'oreille. Elle n'est plus que cette oreille tendue vers la porte, vers l'extérieur. Là d'où viendra le danger. Là d'où « ils » viendront pour achever le boulot qu'une erreur d'appréciation les a empêché de terminer.

Un bruit dans le couloir. Des pas assourdis par la moquette, le claquement de la porte d'ascenseur, le chuintement des cordes dans la cage ; on entend tout dans cet hôtel. Pas climatisé, pas insonorisé. Un hôtel où elle s'est bêtement figurée être à l'abri, à cause de sa différence justement. N'a-t-elle pas toujours fréquenté les palaces, les établissements haut de gamme, que seule une poignée de privilégiés peut s'offrir ? Comment pourraient-« ils » imaginer qu'elle a trouvé refuge dans un deux étoiles sommaire ?

Mais ne l'ont-ils pas suivie, dès sa sortie du palace ?

Des bruits, encore.

Elle ferme les yeux. Elle transpire.

Les bruits se rapprochent.

Ève Duval est une femme pressée. Je suis à peine entré qu'elle est déjà sur le pas de la porte. Elle me lance avant de poser la main sur la poignée :

– Rien à signaler, c'est le calme plat, sauf que les clients se plaignent de la chaleur, mais les magasins sont en rupture de ventilateurs ! Il faudrait faire installer la clim, hélas c'est trop cher...

Je hoche la tête pour faire signe que j'ai compris la gravité de la situation (à vrai dire, cette histoire de ventilateurs et de clim ne me passionne pas, j'ai un autre centre d'intérêt, beaucoup plus puissant...). Elle sort, je m'installe à ma place. La nuit promet d'être longue. Je pourrais allumer le poste de télévision dans le coin salon qui jouxte l'accueil mais ça me dérangerait dans mes pensées. Je vérifie le registre, page de la veille, page du jour.

Chambre 313 : Lisa Hope. Mon Américaine est toujours à l'hôtel. Et d'après ce que je constate, la clef de sa chambre n'est pas sur le tableau.

Ma belle inconnue dort, bouquine ou regarde la télé. Il y a une chance sur mille pour que je la rencontre cette nuit. Encore que. Elle peut très bien être sortie pour dîner au coin de la rue, la clef de sa chambre dans sa poche, et rentrer plus tard. Mais après minuit, elle devra sonner, et c'est moi Jim qui lui ouvrirai la porte.

Jimmy, faudra que tu sois à la hauteur.

Je délire.

Jimmy, cette Américaine est too much, si tu vois ce que je veux dire.

Je ne vois pas, mais alors pas du tout. Pourquoi n'aurais-je pas le droit de l'approcher et même plus ? Parce que je ne l'ai vue qu'une fois, et que je suis idiot de ne penser qu'à elle ? C'est vrai, je suis idiot, j'assume.

Et Élodie, dans quel placard la rangeras-tu ? Tu crois vraiment qu'on peut ranger une Élodie dans un placard ?

N'aurais-tu pas un cœur d'artichaut, Jim ?

La première fois que je me pose cette question. Cette Américaine entraperçue me hante.

Il vaudrait mieux que je ne la retrouve jamais. Qu'elle reste un fantôme blotti dans mes rêves les plus fous. Un fantôme que mes doigts n'effleureront jamais. Jamais je ne poserai mes longs doigts de pianiste (ma mère a décrété que j'avais des mains de musicien, et je me suis farci dix ans de piano) sur ses cheveux à peine devinés sous le chapeau, noués à la va-vite sur sa nuque frêle, elle n'ouvrira jamais la bouche pour me parler de son pays où je n'ai jamais mis les pieds, un fantôme ça reste dans les limbes.

Je la garderai dans ma mémoire, parmi les personnages de romans que j'aime, vivants ou morts, fiction ou réalité, je m'en moque, ils sont en moi, éternels.

Ce n'est pas un fantôme.

J'étais en train de mordre dans mon premier sandwich – un pan bagnat dégoulinant de tomates et de ketchup que je m'étais préparé moi-même – lorsqu'elle est apparue dans les escaliers. Elle s'est arrêtée pile au moment où j'ai levé les yeux vers elle.

Elle paraissait infiniment fragile, diaphane et éthérée dans cette espèce de robe flottante qui l'enveloppait, un vêtement sans charme, totalement anachronique.

Quand je parle d'apparition, je ne suis pas loin du compte.

Pourtant, elle a descendu les marches tout à fait normalement, les yeux rivés sur moi. Enfin sur le standardiste, fonction que j'occupe, ou veilleur de nuit, comme ça vous chante. J'ai eu vraiment l'impression, l'espace d'une seconde, qu'elle venait pour moi.

C'était complètement stupide. D'ailleurs, j'étais stupide, avec mon pan bagnat à la main, muet, la bouche pleine, les yeux exorbités sur la plus jolie Américaine qu'il m'ait été donné de rencontrer. (En fait, je n'en ai rencontré que dans les romans que je fréquente.)

Elle s'est adressée à moi d'une voix tout ce qu'il y a de plus humain, teintée d'un accent adorable, qui m'a donné envie de me plier en quatre pour satisfaire le moindre de ses désirs. Ses cheveux blonds ressemblaient à un champ de blé éparpillé autour d'elle. J'ai dû me maîtriser pour ne pas avancer mes mains et y fourrer mes doigts.

– Je vous prie de m'excuser, m'a-t-elle dit sans sourire avec des traits extraordinairement figés, mais comme le standard ne répond pas, j'ai été obligée de descendre.

J'ai jeté un coup d'œil sur le standard téléphonique. Tout avait l'air de fonctionner.

Elle a eu un geste désemparé, a repoussé une mèche de cheveux avant d'ajouter :

– I'm sorry. Je suis désolée de vous embêter, a-t-elle traduit (j'ai pensé qu'elle me prenait pour un ignare qui ne pigeait pas un mot d'anglais), mais...

J'ai souri, histoire de la détendre. Elle a repris son souffle, a abandonné sa mèche dans le champ blond, et a attendu je ne sais quoi. Alors, j'ai saisi l'occasion de lui prouver que les Français ne sont pas des incultes, et j'ai articulé :

– Are you hungry ?

J'ai tout de suite regretté ma phrase. Était-ce à cause du pan bagnat que j'avais laissé tomber sur le bureau devant moi et qu'elle ne pouvait s'empêcher de reluquer que j'avais posé une question aussi triviale ?

Mais son visage qui s'est illuminé – cette fille a un sourire aussi blond qu'elle – m'a fait comprendre que j'avais touché en plein dans le mille. Elle a acquiescé d'un air ravi, faisant voler ses mèches presque blanches.

– Le problème, c'est que l'hôtel ne prévoit pas le moindre en-cas ! Marina, la femme de chambre, n'arrive qu'à six heures demain matin, et c'est elle qui prépare les petits déj's... D'ailleurs, je n'ai même pas les clefs de la cuisine ! ai-je ajouté, penaud.

Elle était immobile, très droite, face au comptoir. J'ai eu l'impression qu'elle resterait là jusqu'à la fin de la nuit, à attendre que je trouve une solution au problème. Cette perspective ne m'a pas déplu, mais j'avais envie aussi de faire naître un deuxième sourire, alors brusquement je me suis souvenu :

– Il me reste deux sandwiches, un au jambon et l'autre au saucisson, ce n'est peut-être pas ce qui vous tente, mais je n'ai rien d'autre à vous proposer. Le mieux serait peut-être que vous alliez à la crêperie d'en face...

Jim, tu es un imbécile de première catégorie. Elle va imaginer que tu la renvoies, trop content de te débarrasser d'elle. Est-ce VRAIMENT ce que tu souhaites ?

Évidemment, ce n'était pas ce que je voulais.

Elle non plus, apparemment. Un drôle d'éclair sombre a traversé sa blondeur.

Je n'ai donc pas insisté, pour la crêperie, et j'ai ouvert mon sac à dos.

Elle a accepté le sandwich au jambon.

Je lui ai désigné un fauteuil, coin salon.

– Vous pouvez vous installer là pendant que je vous cherche à boire... quelque chose de frais, ai-je ajouté pour la convaincre.

Elle a lorgné la porte d'entrée, puis la cage d'escalier, comme si elle s'apprêtait à fuir ou à regagner sa chambre et j'ai senti un souffle froid dans ma nuque.

– Il n'y a pas de minibar dans les chambres, et l'eau du robinet doit être tiède.

J'étais tellement impressionné que j'en avais perdu tout mon anglais. Ou alors avais-je peur de commettre un impair qui l'aurait fait rire. Je voulais bien la faire rire, mais pas de mes insuffisances !

Elle ne répondait pas, absorbée dans une vision intérieure, j'ai insisté :

– Je vous l'offre. Un Perrier, ça vous dit ?

Elle a hoché la tête en signe d'assentiment,

mais j'ai vu qu'elle s'en moquait totalement. Je lui aurais proposé du whisky ou de la mort-aux-rats, elle aurait sans doute eu la même réaction.

Quand je suis revenu, dix secondes plus tard, elle était assise au fond du fauteuil, si profondément enfoncée dans les coussins qu'elle semblait se fondre dans cet horrible velours vieil or.

Elle avait profité de mon absence pour reculer le fauteuil dans un coin, le plus loin possible de la porte d'entrée. Et elle avait bardé son visage d'une paire de lunettes noires, celles de la veille, qui la rendaient lointaine, inaccessible.

Moi qui m'attendais à ce qu'elle picore son sandwich comme un oisillon ! Pas du tout, elle l'a dévoré en un temps record, à croire qu'elle n'avait rien avalé depuis des jours. Puis, elle a englouti d'un trait le contenu glacé de la bouteille. Tout cela, renfrognée dans le fauteuil, presque invisible, et totalement muette.

Une Américaine muette.

– Vous êtes new-yorkaise ?

Elle a sursauté. Son visage a frémi, et ses mains se sont mises à trembler. Elle a jeté un rapide coup d'œil en direction de la porte d'entrée, j'ai deviné son désir, et je me suis hâté de poursuivre, histoire de la clouer dans son fauteuil :

– Je vous conseille le musée d'Orsay, il est climatisé et sa collection de toiles impressionnistes est unique au monde ! Il y a celle que je préfère : *Les Raboteurs de parquet* de Gustave Caillebotte, dont Zola disait que ce n'était pas de l'art car trop réaliste... Amusant ce propos, non, dans la bouche d'un écrivain dit naturaliste ?

Elle a serré les lèvres.

Je me suis tu. C'était peut-être ce qu'elle voulait, le silence. Peut-être aussi n'avait-elle jamais entendu parler de Zola et encore moins de Caillebotte. J'avais chaud malgré les pales du ventilateur, j'avais soif malgré le Perrier, je transpirais sous ma chemise à fleurs, j'avais l'impression que des gouttes de sueur venaient s'écraser sur la moquette, et que dans quelques minutes elle en serait si imbibée que ça ferait floc sous les pas.

Elle s'en rendrait compte et je mourrais de honte.

Mais pour l'instant, elle ne voyait rien ; elle contemplait son verre où deux glaçons achevaient de fondre.

Puis le téléphone a sonné. Elle s'est levée d'un bond et sans me dire merci s'est ruée littéralement dans les escaliers qu'elle a grimpés aussi vite qu'elle avait ingurgité Perrier et sandwich. Je n'avais pas encore décroché le combiné qu'elle avait disparu.

C'était Élodie. Je n'ai pas reconnu sa voix tout de suite, tant j'étais encore saisi par la fuite de mon Américaine. Elle n'a pas apprécié.

– D'habitude, tu prononces mon prénom avant que j'aie le temps de dire allô. Dis donc, tu n'as pas l'air dans ton assiette ! Un souci à l'hôtel ? Je te dérange peut-être ?

J'ai deviné qu'elle esquissait une moue contrariée, une moue de petite fille gâtée. Mais Élodie n'a pas cherché à approfondir, elle s'est lancée dans la description de sa soirée, géniale :

– Arnaud possède une sono méga top, un cadeau de son père pour ses dix-huit ans, on s'éclate comme des fous, j'ai déjà avalé plusieurs verres, je ne sais pas ce qu'il y avait dedans, mais je plane, c'est super.

Elle a quand même ajouté, avant de raccrocher :

– J'y retourne, les parents d'Arnaud nous ont laissé la bicoque, on est entre nous. Anne-Sophie et Jean-Baptiste ont disparu dans un bosquet, ah je les vois, eh bien ils ne perdent pas leur temps ! Tu me manques, j'aimerais que tu sois avec moi plutôt que dans cet hôtel de merde à faire un boulot de con…

J'ai raccroché à mon tour en pensant qu'Élodie était suffisamment dégourdie pour ne pas s'embêter dans une soirée où elle connaissait presque tout le monde. Évidemment, c'est son monde. Moi aussi je les fréquente depuis le lycée, une lubie d'un de mes profs de collège qui s'était mis en tête de m'inscrire dans un bon établissement, vu mes capacités, avait-il déclaré à ma mère.

Encore un que j'ai dû décevoir, si jamais il a eu la curiosité de s'enquérir de mes résultats par la suite. En tout cas, pas de quoi pavoiser ni entrer en prépa. Tant mieux ! Au moins, je ne les côtoierai plus, les Arnaud et compagnie, je leur laisse la place. Je n'entrerai pas à Normale Sup ni dans aucune des grandes écoles où ils se voient déjà ; ça leur appartient, de naissance.

Et moi, j'appartiens à quoi ? Où est ma place ?

Je m'installe dans le fauteuil que mon Américaine vient de quitter.

Je la revois, si blonde, si fragile, perdue dans un monde hostile, c'est du moins ainsi que je la devine. On se ressemble, finalement. Même si, de l'extérieur, personne ne peut soupçonner les doutes qui m'agitent. Je les cache bien, mieux qu'elle, car il faudrait être aveugle et sourd pour ne pas comprendre combien elle a peur. Ses regards terrifiés vers la porte ne sont pas le produit de mon imagination et puis pourquoi n'a-t-elle pas voulu aller dîner à la crêperie ? Pourquoi se calfeutre-t-elle dans cette chambre d'hôtel ? Pourquoi se cache-t-elle derrière des lunettes noires ?

Et surtout pourquoi m'inspire-t-elle cette envie de la prendre dans mes bras, de la serrer contre moi, de lui murmurer, à travers le rempart dérisoire de sa chevelure, je suis là, n'aie plus peur, smile, life is beautiful, I love you.

Jim, tu es complètement dingue. Tu ferais mieux d'allumer la télé, et de te noyer dans les stupidités des programmes ou, s'il te reste un peu d'énergie, te plonger corps et âme dans ton polar qui te transportera sur le continent de tes rêves. Le continent d'où elle vient. Je l'imagine bien arpentant les rues de Manhattan, se promenant dans Central Park, seule au milieu des joggeurs concentrés dans leur course et des toutous tirant sur leur laisse.

Réveille-toi, Jim ! Cette fille n'est pas pour toi. Un océan vous sépare, et tu as beau savoir nager tu ne pourras pas le franchir. Cette Américaine est trop belle pour toi, trop blonde, trop mystérieuse surtout.

Too strange, quoi. Si elle est venue te voir, c'est parce qu'elle mourait de faim et de soif, un point c'est tout. Ce ne sont pas tes beaux yeux qui l'ont attirée au rez-de-chaussée ! Elle se moque de toi comme de sa première paire de lunettes noires.

À ma montre, il est deux heures du mat' et je contemple la moquette élimée, les plinthes qui se décollent par endroits, les tapisseries qui auraient besoin d'un bon coup de neuf, et l'horrible salon doré sur tranches. Plus ringard, on ne peut pas faire, sauf dans les bouquins. Mais j'exagère, c'est propre, rien du bouge infâme que l'on trouve dans les polars, chaque chambre est dotée d'une salle de bains, d'un téléphone. L'oncle Sam m'a raconté qu'Ève Duval prévoit des travaux de rajeunissement dès que possible. J'ignore ce qu'elle entend par possible, mais à mon avis elle ne devrait pas trop tarder si elle ne veut pas que sa clientèle se carapate vers des lieux plus réjouissants, ce ne sont pas les hôtels qui manquent dans le quartier !

Ce qui me pousse à me demander pourquoi mon Américaine a choisi cet établissement. Manque d'argent ? À son arrivée, elle n'avait pour tout bagage qu'un sac à dos qui semblait d'ailleurs bourré à craquer, un pan de tissu dépassait de la fermeture éclair mal fermée. Bizarre comme je me souviens soudain de ce détail. Elle a tiré de son sac une liasse de grosses coupures.

Ce n'est donc pas un problème matériel qui l'a poussée à choisir cet hôtel.

Lisa Hope.

Je murmure le prénom, lentement, deux syllabes d'une grande douceur...

Elle a un nom qui lui convient, un nom d'attente. Pourtant je préfère mon Américaine.

La silhouette de ma prof de lettres me revient soudain en mémoire, et sa voix, surtout, de qui parlait-elle ? D'Albert Camus, qu'elle vénérait entre tous, et qui avait repris dans un de ses livres le mythe de la boîte de Pandore où grouillaient les maux de l'humanité, que les Grecs extirpèrent un à un jusqu'au dernier : l'espoir. Le plus terrible de tous. Albert Camus avait écrit : « Je ne vois pas de symbole plus émouvant. »

Mon Américaine m'émeut.

Elle regrette, mais il est trop tard. Tout ça à cause de son estomac qui la suppliait, elle n'a pas su résister, elle a poussé la porte, elle est descendue, elle l'a vu. Ce garçon qui, sans rien demander ou presque, lui a tendu sandwich et boisson fraîche, de quoi apaiser un moment la brûlure de sa gorge. Ce garçon, elle ne le connaît pas, mais d'emblée elle a aimé son sourire, qui n'était pas un simple sourire de politesse. Là d'où elle vient, dans son monde, on sourit beaucoup, mais des sourires comme celui-là elle n'en a pas beaucoup rencontré. C'était la première fois.

Elle n'aurait pas dû. Elle n'aurait pas dû oublier qu'elle est devenue gibier. Telle cette biche que son père avait acculée au fond des bois, et qui s'était effondrée à un mètre d'elle, ses yeux plantés dans les siens, comme si elle lui demandait pourquoi. Elle lui ressemble à présent, même angoisse et même espoir, imbécile, venu du fond des entrailles, qui vous pousse en avant. D'ailleurs, la biche avait été coincée entre les chiens et le rocher qui coupait son chemin, et elle y avait laissé la peau.

« Rien ne sert de courir, il faut partir à point. »

Cette phrase trottine dans sa tête. D'où vient-elle ? D'une comptine que lui a apprise sa mère ou sa nurse ? Non, c'est de La Fontaine, *Le Lièvre et la Tortue*, elle se rappelle à présent. Sa mère lui parlait en allemand, son père en anglais, et la nurse en français. Et c'était en français qu'elle avait entendu cette fable. C'était donc la nurse qui la lui avait récitée. Elle était venue de France pour s'occuper de l'enfant, dans la maison blanche au bord du lac. Elle était restée longtemps avec elle. Puis elle avait été remplacée par une fille au pair qui avait grandi dans la banlieue parisienne, et qui lui avait appris l'argot.

C'était l'époque où elle n'était qu'une petite fille puis une jeune fille heureuse, gâtée, comblée. Une princesse moderne à qui rien de mal ne pouvait arriver, sur le berceau de qui les fées s'étaient penchées, beauté, richesse, tendresse, intelligence, sensibilité, elle avait tout reçu, et encore davantage. Plus qu'aucun être au monde ne peut espérer.

Étrange que ce soit cette fable qui lui soit venue à l'esprit, comme un zeste de son enfance, des mots qui se seraient gravés en elle, indélébiles, et qui aujourd'hui surgissent, s'imposent, et, quelque part, lui font du bien, elle qui n'est plus qu'une loque traversée par la peur, elle constate que sa mémoire est restée debout.

Elle sourit, un sourire timide qui n'éclaire pas le visage pâli par l'éclat de la lune.

Elle ne lui a rien dit, au garçon de l'hôtel – Jim il s'appelle, elle a entendu la veille la patronne prononcer ce prénom. Mais que peut-elle faire d'autre que cacher, tricher, dissimuler ? C'est son lot à présent, son destin de biche aux abois qui n'a personne sur qui s'appuyer. C'est bien pour cela qu'elle a fui le palace, sans un mot. Elle ne POUVAIT rien faire d'autre, ni téléphoner à qui que ce soit, ni laisser une lettre d'explication derrière elle. Seulement fuir, droit devant elle, au hasard, en se fiant à sa chance.

Et cette chaleur que la nuit n'apaise pas, qui tombe sur elle, sur ses jambes nues, son visage découvert, ses cheveux épars sur l'oreiller. Paris dort. Elle veille. Elle veut « les » voir, quand « ils » arriveront. Fixer la mort en face. Comme ses parents l'ont fait, sans doute, avant que la vie ne s'arrête.

Elle se mordille les lèvres. Elle ne saura jamais. Ont-ils eu le temps de voir leurs agresseurs, de les regarder avant de mourir ?

Tout ce dont elle se rappelle, c'est qu'ils étaient plusieurs. Elle sommeillait sur le siège arrière, et le choc l'avait réveillée en sursaut. Elle se souvient d'un arbre immense, et d'eux, tout autour, ombres penchées sur elle.

Alors, elle a fait semblant. D'instinct. L'instinct de vie, sûrement. Elle a entendu le bruit terrible de l'explosion, elle a senti la chaleur du brasier, elle a deviné que l'auto flambait, et ses parents aussi, qui étaient restés à l'intérieur.

Elle était dehors. Comment est-elle arrivée à sortir de l'enfer ? Elle l'ignore.

Elle était couchée sur une terre gorgée d'eau. Un fossé, lui a-t-on dit. Un fossé, qui l'a protégée, et, derrière elle, l'arbre.

Ils l'ont crue morte. Ils sont partis, leur tâche achevée.

Après, ils ont dû réaliser leur erreur. Trop tard.

La prochaine fois, ils achèveront leur besogne. Ce sont des gens qui finissent toujours ce qu'ils ont commencé.

Elle tire de la poche de sa robe le papier, passe un doigt sur les lettres écrites au feutre rouge qui se détachent sur la feuille blanche. Deux mots brefs : « Big pig. »

Et plus bas, en minuscules, une phrase laconique : « We'll kill you. »

Le message était clair, pourtant. Si clair que personne n'y avait cru. Son père s'était contenté de hausser les épaules en disant que s'il fallait tenir compte des lettres anonymes, on vivrait cloîtré dans un coffre-fort.

Il était sorti, en dépit de tout.

Il avait eu tort, et avait payé, lui et sa femme.

Il ne restait qu'elle.

Elle attend, acculée entre les quatre murs tristes d'une chambre anonyme, laide à pleurer. Elle ne pleure pas.

– Même pas peur, murmure-t-elle.

J'ai faim. Si seulement je dénichais cette foutue clef qui ouvre la cuisine. Je me tartinerais quelques bouts de pain, de quoi patienter jusqu'au premier croissant. Il est trois heures passées. Encore trois heures à poireauter jusqu'à l'arrivée de Marina. Et je ne peux pas siroter tous les jus de fruits et sodas du frigo, Ève Duval risquerait de ne pas apprécier.

Le sandwich au jambon offert à mon Américaine me manque. Je ne sais pas ce que je donnerais pour le récupérer. Et elle avec.

Le problème le plus urgent est de me procurer de quoi tenir jusqu'au matin. Si je ne calme pas ma fringale galopante, je ne réponds pas de moi.

Et si je quittais mon poste deux secondes ? Dans la rue d'à côté, il y a une épicerie ouverte nuit et jour. Un aller-retour, à la vitesse de ma board, ça devrait se faire en moins de cinq minutes, achat compris. Personne ne saura rien de ma petite escapade.

Les clients dorment, ils ne songent pas à sortir, et à cette heure-ci personne ne sonnera à la porte d'entrée. Je suis donc libre.

Je fonce. Le skate fait un boucan d'enfer sur le macadam.

Chips, bonbons à la menthe pour me donner l'illusion de la fraîcheur, et quelques abricots. J'ai même la monnaie pour faire l'appoint, que je tends au type qui dort à demi sur sa caisse. Un jeune, comme moi, qui travaille pendant les vacances. Mais je n'ai pas le temps d'approfondir, le devoir me réclame.

Je file. La rue est déserte. Poubelles le long des façades, voitures le long des trottoirs. Seule la rumeur lointaine de la place de la République trouble la quiétude de cette nuit d'été.

Je pousse la porte, ma planche sous mon bras.

Des cris. Des appels. Des bruits de chute.

Je vais voir, c'est mon boulot.

J'ai vu.

Franchement, j'aurais préféré ne rien voir. Car je pressens des emmerdements sans fin. La preuve c'est que je suis convoqué à quatorze heures au commissariat du quartier pour faire ma déposition en bonne et due forme.

Je devrai raconter une seconde fois tout ce qui est arrivé.

Vision d'apocalypse.

Deux portes ouvertes, trois types encagoulés dans la première chambre, un couple en petite tenue – c'est fou ce que l'esprit enregistre vite dans ces cas-là –, la femme ne hurlait plus pour la bonne raison qu'un des types avait plaqué sa main sur sa bouche pendant que son comparse vidait le contenu du sac à main dans un sac en toile de jute.

J'ai entendu un gémissement dans la chambre voisine, la chambre numéro 313 a crié une voix dans ma tête, et je me suis rué vers elle.

Le troisième lascar s'acharnait sur mon Américaine, étendue sur la moquette, et qui ne se débattait pas.

J'ai profité de l'effet de surprise et j'ai abattu ma planche sur lui. À vrai dire je n'ai pas eu le temps de réfléchir.

Il a poussé un cri et s'est écroulé d'un coup, recouvrant mon Américaine de tout son poids. Les deux autres ont rappliqué sur-le-champ. J'ai vu une lame, j'ai foncé, planche en tête. Le couteau s'est écrasé contre le bois dur – un skate c'est solide, y a qu'à voir le traitement que je lui fais subir à longueur de trottoirs – et s'y est enfoncé.

Je m'apprêtais à les affronter lorsque brusquement ils ont tourné les talons et se sont engouffrés dans la cage d'escalier.

Jeans et tee-shirts sombres, cagoules noires, pas de risque que je les identifie !

Le seul point positif, c'est que le troisième est resté dans la position où mon skate l'a neutralisé.

J'ai renoncé à poursuivre les deux agresseurs. Il y avait plus urgent à faire.

J'ai basculé le corps du type sur le côté. Et mon Américaine est apparue. Elle ne bougeait pas. Elle avait les yeux fermés, le cou marbré et les cheveux en folie.

Elle a entrouvert les lèvres, les yeux, et elle a murmuré d'une voix qui avait du mal à pointer de sa gorge :

– Go away!

Il y avait dans ses yeux bleus une épouvante telle que j'ai failli obéir. Mais je me suis ressaisi :

– C'est fini, ils sont partis et celui-là, j'ai précisé en désignant du menton le corps immobile, ne risque plus de vous faire du mal!

Elle a secoué la tête, puis à bout de forces, elle a fermé les yeux.

Je suis allé téléphoner à la police.

Lorsque je suis remonté, mon Américaine avait disparu.

Elle a pris ses genoux entre ses mains; adossée à la porte, elle pleure, doucement, sans bruit.

Ainsi, elle avait raison : ils l'ont repérée. Où qu'elle aille, ils la retrouveront. Le monde n'est pas assez grand pour qu'elle y trouve un abri. Entre elle et eux, il n'y a que l'épaisseur d'une porte. Qu'elle fixe, presque avidement. En finir, une fois pour toutes. Ne plus attendre, ne plus espérer non plus. Ou bien espérer l'impossible. L'impossible est peut-être possible...

Il l'a sauvée. Elle revoit le mince visage penché sur elle, le regard inquiet, tourmenté, la lueur de soulagement lorsqu'elle a réussi à articuler quelques sons.

Elle n'a pas attendu les secours. Blouses blanches et officiers de police judiciaire, elle connaît.

Ils auraient dit : « C'est un accident. » Ils auraient conclu au hasard : « Ce n'était qu'un cambriolage, comme il en arrive tous les jours, un simple et banal cambriolage, ces voyous n'en voulaient pas à votre vie, mais à votre argent... »

La dernière fois aussi toutes les bouches s'étaient liguées dans cette unique phrase : c'est un accident. Même l'oncle Stuart lui avait répété : « Darling, you can live as before. »

Elle a eu beau leur montrer la lettre de menaces, leur expliquer la présence des ombres penchées sur elle le jour de l'accident, ils ont tous hoché la tête. « Aucune relation entre l'accident et la lettre », ont-ils conclu, têtes de mules confites dans leurs certitudes qu'aucune de ses allégations ne pouvait ébranler.

Et maintenant, le destin lui prouve qu'elle a eu raison. Elle n'a dû son salut qu'à la vivacité de ce Jim, et à sa propre fuite.

Mais combien de temps encore arrivera-t-elle à leur échapper ? Elle jette un regard éperdu autour d'elle. Des solives, les lattes d'un plancher en bois vermoulu, et au-dessus d'elle la lueur d'une lucarne ouverte.

Elle pose sa main sur sa peau moite. D'entre les tuiles lui parvient un air brûlant, chargé de relents délétères. Paris est une fournaise polluée, puante, irrespirable.

Sa main remonte vers le cou. Sa gorge la serre, comme si les mains de l'homme continuaient à exercer leur pression. Une sensation d'oppression sur sa poitrine, comme si le corps de l'homme reposait toujours sur elle, de tout son poids inerte. Est-il mort ? Le coup porté par Jim lui a-t-il été fatal ?

Elle lève les yeux vers la lucarne et se dit que cela ne changera rien. Il en restera toujours un pour la dénicher, la tirer de son refuge, et lui asséner le coup de grâce. Un qui n'aura aucune pitié pour elle, comme son père n'a eu aucune pitié devant la biche acculée par les chiens, il l'a abattue, froidement, d'un coup de maître. Son père a été son héros, malgré sa passion pour la chasse. C'était d'ailleurs leur principal sujet de discorde. Sa mère, elle, ne s'interposait pas. Sans doute le sort des animaux lui était-il indifférent. Elle avait plus important à faire, boutiques de luxe, soirées mondaines, croisières et casinos. Pendant que son mari traquait cerfs et sangliers – plus exceptionnellement loups et ours dans les Carpates – elle jetait ses jetons sur les tapis, glissait des pièces dans les machines à sous. Lisa en avait conclu que c'était leur façon de lutter contre l'ennui. Un ennui palpable dans la grande maison blanche au bord du lac, étrangement silencieuse, que seuls les caquètements des invités, certains soirs, venaient troubler. Une demeure nichée dans un écrin de verdure, cachée des regards par des arbres centenaires, une grille noire et des chiens de garde.

La chasse, oui, ils s'étaient souvent heurtés à ce propos. Et elle avait eu un allié de taille en la personne d'oncle Stuart, quand ce dernier rentrait de ses longs voyages à travers le continent africain. Lui aussi avait en horreur les massacres et partageait sa passion pour les animaux qu'il tentait de sauver à travers l'association qu'il avait créée, et sur laquelle il était intarissable. Pour elle, il avait quitté le confort, le luxe et la tranquillité d'une vie toute tracée, et s'était engagé dans la défense des éléphants et rhinocéros menacés d'extinction par les braconniers, des gorilles dont les mains coupées serviraient de cendriers.

Elle l'écoutait, elle l'admirait, elle le suppliait de l'emmener. Il la dévisageait alors longuement, de ses yeux bleus, semblables aux siens, si clairs, et lui souriait :

– Plus tard, darling, il faut que tu grandisses encore un peu.

Mais il est trop tard.

Elle sursaute.

Ils reviennent. Un frôlement diffus au-dessus d'elle. Elle n'ose pas lever les yeux. Elle se roule en boule comme le fœtus dans le ventre de sa mère. Mais ce ventre-là, le ventre de la soupente, est plein de dangers. D'abord la chaleur suffocante qui ralentit sa respiration, la soif qui assèche ses lèvres et sa gorge, et maintenant ce raclement sur les tuiles, elle ferme les yeux.

Cette fois, ils ne viendront pas par la porte; sans doute l'hôtel est-il surveillé, des policiers sont-ils postés devant la porte d'entrée depuis les événements de la nuit.

Mais ils sont pleins de ressources.

Un poids tombe sur le plancher, léger.

Je suis rentré chez moi après avoir laissé la place à Ève Duval et à Marina qui m'a tendu un sachet avec deux croissants.

– Pour ton petit déjeuner, m'a-t-elle dit en souriant.

À la maison, ma mère a tout de suite compris que quelque chose ne tournait pas rond. Je lui ai raconté mon aventure. Je sens qu'elle passera une mauvaise journée, presque autant que moi. J'ai à peine dormi et j'ai envie de tout sauf de me coltiner les flics. Surtout que je n'ai rien à ajouter à ma déposition de cette nuit !

– Tu ne peux pas faire attention ! crie le type que je viens de heurter sur le trottoir.

Pourtant aujourd'hui, je n'ai pas de skate perturbateur sous mes pieds ! Les flics l'ont gardé comme pièce à conviction, ont-ils décrété. J'ai eu beau argumenter que c'était mon moyen de locomotion, le prolongement de mes pieds, ils n'ont rien voulu entendre. De vraies peaux de vaches.

Je m'attends au pire. Déjà cette nuit, j'ai eu droit à des réflexions aigres-douces :

– Alors, c'est toi, l'auteur de ce carnage ?

Consolation : je ne l'ai pas tué, l'autre affreux jojo. Mais quand le toubib urgentiste a dégagé le visage de sous la cagoule, je n'ai pu m'empêcher de pousser un cri : la tête était salement amochée. Apparemment je n'y suis pas allé de planche morte. Mais, franchement, avais-je le choix ?

L'ambulance l'a emmené. Je n'en sais pas davantage.

J'avance vers le commissariat. Le canal Saint-Martin se languit dans ses eaux mortes et rares. Sur les berges, cherchant désespérément un peu de fraîcheur, quelques SDF somnolent à côté de leurs chiffons et de leurs bouteilles. Seuls les gamins ne semblent pas souffrir de la chaleur qui ne les empêche pas de jouer.

Et mon Américaine qui s'est carapatée. En douce. Sans même me remercier.

Elle doit avoir une bonne raison. Sinon pourquoi aurait-elle profité de ces quelques minutes où j'étais pendu au téléphone ? Je la comprends : elle a eu la peur de sa vie.

Pourtant le couple, dans la chambre d'à côté, n'a pas songé à prendre la poudre d'escampette. Eux aussi sont convoqués mais je ne les verrai sans doute pas, puisque j'ai un traitement de faveur : mon rendez-vous n'est qu'à quatorze heures, étant donné que j'ai passé ma nuit à travailler, et eux à dormir, enfin presque.

Alors pourquoi s'est-elle enfuie ?

Cette question me tarabuste jusqu'à l'immeuble terne nanti d'un drapeau tricolore : ma destination. J'entre.

– Ainsi, c'est toi le héros ?

Je fixe l'inspecteur. Ou plus exactement le lieutenant chargé de l'enquête, qui vient de pénétrer dans le bureau où l'on m'a prié de prendre place.

Plaisante-t-il ? Je ne crois pas. Il a l'air d'un type que rien n'étonne, visage clos, seuls les yeux sont en mouvement, qui ne perdent rien de ma personne.

– Si vous croyez que ça m'amuse de jouer à Superman, je soupire. Surtout que je n'y ai rien gagné, au contraire j'ai perdu mon skate dans cette histoire de fous ! Au fait, si ça ne vous ennuie pas, j'aimerais le récupérer...

Il secoue la tête :

– Désolé, mon vieux, on doit prendre les empreintes, faire des analyses. On te le rendra dès que possible.

Je vois. Dès que possible, dans leur langage, ça peut bien signifier jamais. Quand ils tiennent quelque chose ou quelqu'un ils ne le lâchent pas si vite.

– Allez, tu y survivras ! Si on passait aux choses sérieuses ? Tu dois bien te douter que si tu as été convoqué, c'est pour faire une déposition. Dans l'ordre et en détails. Tu es prêt ?

Je grimace un vague OK.

L'interrogatoire, ou confession, ou rapport, ou compte rendu, commence. Tout y passe : mon nom, mes prénoms dans l'ordre de l'état civil soit Jean-Marie Claude Camille, suivis de mon patronyme, Valdieu, que m'a légué mon père que je n'ai jamais connu, étant donné qu'il a été tué dans un accident de la route trois mois avant ma naissance. C'est pourquoi ma mère a cru bon de me coller tous ses prénoms agrémentés de celui qu'il me destinait : Jean-Marie. Que l'oncle Sam a eu la bonté de transformer en Jim alors que j'étais encore au berceau.

Je dévisage mon vis-à-vis. C'est fou comme il ressemble à l'oncle Sam ! Cela ne m'avait pas frappé cette nuit, mais dans la clarté du bureau je constate la similitude des traits, et surtout de l'expression. Car le lieutenant a abandonné son masque inflexible et son visage est traversé de mimiques qui lui donnent un air enfantin, exactement comme Sam. D'ailleurs, ils doivent avoir à peu près le même âge, une petite trentaine.

Ma date de naissance à présent. Il note, sans faire de réflexion. Pourtant il devrait trouver étrange qu'un garçon de dix-sept ans soit chargé de veiller sur vingt chambres, de nuit de surcroît ! Eh bien non, j'avais raison : rien ne l'étonne.

Puis je narre le déroulement des opérations, ma fringale, la nécessité de trouver de quoi me nourrir, les cris lorsque j'ai poussé la porte de l'hôtel, et la vision d'apocalypse qui m'attendait au premier étage.

– Récapitulons. Tu entends du bruit, tu grimpes les escaliers, tu vois trois hommes. Ils sont habillés comment ? Décris-les-moi.

– Des jeans, des tee-shirts noirs, et des cagoules...

Il me contemple, attendant je ne sais quoi. Je fouille dans ma mémoire, et brusquement :

– Ils portaient des shoes noires à lacets rouges, genre chaussures de skaters, comme les miennes, en ce moment tout le monde en porte...

Il sourit :

– C'est tout ?

Il commence à m'agacer. On n'est pas près d'aboutir, et moi de sortir de ce maudit bureau qui empeste la clope. Et Élodie qui m'attend dans une heure au bistrot du coin ! Si je tarde trop, elle risque d'aller voir ailleurs si j'y suis.

– Et tu crois vraiment que le coup de planche en pleine tête c'était nécessaire ?

– Vous auriez voulu que je le laisse étrangler mon Américaine ?

Je crois surprendre une vague lueur ironique au fond de ses prunelles. La même que celle qui s'éveille dans les yeux de l'oncle Sam quand je lui narre mes amours.

– Ton Américaine ? Il s'agit, je suppose, de notre belle inconnue ? Justement, parlons-en !

Là, je veux bien. En réalité, je n'attendais que ce moment. Que sait-il d'elle ?

Il fait pivoter son siège, il me fixe.

– Je viens de recevoir la visite de son oncle. Le pauvre homme se fait un sang d'encre ! Heureusement, il a songé à signaler sa disparition ! C'est ainsi que nous avons pu faire la relation entre ton Américaine mystérieusement évaporée, et sa nièce tout aussi mystérieusement envolée de son hôtel le lendemain de son arrivée !

Il laisse échapper un soupir.

– Tu es le dernier, apparemment, à l'avoir vue. Peux-tu éclairer notre lanterne ? Vous avez peut-être eu le temps de parler…

Il me scrute de ses yeux couleur corbeau. Qu'attend-il de moi ? Que je lui rende mon Américaine ? D'abord, comment peut-il être sûr que ces deux filles n'en font qu'une ?

Il déclare, comme s'il avait entendu ma question :

– La description qu'Ève Duval et toi avez faite de l'Américaine concorde point par point avec le portrait de Lisa Saltzman.

Lisa Saltzman.

– Justement, elle s'appelle Hope !

Là, j'ai marqué un point. Enfin, peut-être.

– Décidément, tu es encore un gamin, soupire derechef le lieutenant, tu crois tout ce qu'on te dit ! Lisa Hope et Lisa Saltzman ne sont vraisemblablement qu'une seule et même personne. Son oncle a formellement identifié le sac à dos et les affaires qu'il contient. D'ailleurs, l'examen des empreintes que nous avons relevées cette nuit confirmera cette hypothèse dans les prochaines heures. Reste à savoir où cette demoiselle peut bien se cacher ! À ton avis, reprend-il après quelques secondes de silence, pourquoi fuit-elle ainsi ?

– En général, on fuit quand on a peur, pas pour s'amuser ! Elle a passé l'âge de jouer à cache-cache, non ?

Il approuve. Ses yeux continuent à me sonder.

– Très finement observé ! Si tu n'as pas de projets d'avenir précis, songe à la police ! Elle recrute !

Se moquerait-il de moi ? Son regard me dissuade de lui poser la question. D'ailleurs, il poursuit :

– Nous avons affaire à une jeune fille perturbée, et pour cause. Ses parents ont été tués il y a quelques semaines dans un accident de voiture. Elle a miraculeusement survécu. Mais, selon son oncle, elle a des séquelles. Autrement dit,

Lisa s'est convaincue que des assassins la pourchassent. Les médecins qui l'ont soignée et les agents qui ont mené l'enquête ont eu beau lui expliquer que ce n'était qu'un accident, elle ne veut pas en démordre : ses parents ont été assassinés ! Son oncle, pour la distraire, lui a proposé ce voyage à Paris où il devait la rejoindre, mais quand il est arrivé l'oiseau avait déjà déserté le nid ! Au lieu de rester sagement dans sa suite à l'hôtel, elle a disparu dans la nature, le lendemain de son arrivée ! Et maintenant nous n'avons plus qu'à la retrouver ! Qu'en penses-tu ?

Je pense que nous sommes mal barrés. Autant chercher une aiguille coincée sous le macadam ! Paris, ses jardins, ses boulevards, ses grands magasins, ses coins et recoins, il faudrait mobiliser une armée pour mettre la main sur elle ! Surtout si elle se méfie.

Pourquoi n'a-t-elle pas eu confiance en moi ? Elle aurait pu patienter jusqu'à mon retour, elle m'aurait raconté son histoire, et…

L'aurais-je crue ?

– Ah ces jeunes filles et leurs fantasmes ! En voilà une à qui la vie sourit, oui, oui, évidemment perdre ses parents dans un accident quand on a seize ans, ce n'est pas folichon, mais enfin la vie continue, non ? Et la sienne est dorée, tu peux me croire sur parole. La fortune s'est penchée sur son berceau, et il n'y a pas de risque que ça change ! Mais sans doute c'était trop simple, la vie trop facile, alors on s'imagine des tas de raisons d'être malheureuse, on se crée des ennemis fantômes, on affabule… Espérons que ça lui passe ! Et aussi, espérons que nous la retrouverons avant qu'il ne lui arrive quelque chose !

– Vous venez de m'expliquer en long et en large qu'elle fabulait !

– Toi, tu es parisien, tu es né ici, et tu sais bien qu'une fille seule, étrangère, sans le sou et un peu paumée, risque de tomber sur des individus pas très engageants.

– Comme ceux de cette nuit ?

Le lieutenant esquisse une moue.

– Grâce à ton intervention musclée, nous en avons un, mais dans quel état ! Tu l'as drôlement arrangé ! Sais-tu que d'après les toubibs il doit avoir ton âge à peu près ?

Je laisse échapper un merde qui ne semble choquer personne.

– Évidemment, tu ne pouvais pas t'en douter, quoique les godasses et le jean auraient pu te mettre sur la voie…

Je bondis :

– Si vous croyez que j'ai eu le temps de penser à l'âge qu'il avait ! Je l'ai vu en train de l'étrangler, j'ai foncé !

– Justement, je pense que tu es allé un peu vite ! D'abord, ce voleur n'en voulait certainement qu'à ses bijoux et…

– Elle n'en portait pas !

– Et alors ? Tu aurais pu penser à appeler au secours, à nous téléphoner par exemple...

Il est fou. Il est complètement à côté de la plaque.

– Mais Lisa serait morte à l'heure qu'il est ! Et le couteau de son complice ? Je l'ai inventé, lui aussi ? Il est resté fiché dans ma planche, oui ou non ?

Il daigne acquiescer d'un mouvement de la tête.

– Nous avons convoqué les autres clients de l'hôtel qui, entre parenthèses, ne se sont pas manifestés ! Encore des courageux ! Je dois reconnaître que toi au moins tu as agi, même si tu n'as pas bien mesuré ta force.

Il se tait. Il a raison : à plusieurs on aurait pu neutraliser les deux autres agresseurs qui seraient, à présent, sous les verrous.

– On a identifié celui que tu as envoyé à l'hosto. C'est un voyou déjà fiché, un voleur qui opère en bande, peut-être leur chef. Jusqu'à présent ils ne s'étaient encore jamais attaqués à un hôtel, il faut dire que tu leur as facilité la tâche en désertant ton poste...

Coup d'œil sur ma personne qui n'en mène pas large. J'ai déjà essuyé les foudres de la patronne quand je l'ai réveillée à l'aube pour lui narrer les événements. À vrai dire, je ne suis pas très fier.

– Enfin, ce qui est fait est fait ! On en saura un peu plus quand il sortira de son coma ! Jusque-là, je te rends ta liberté.

Je grommelle entre mes dents « Mon lieutenant est trop bon », mais il fait semblant de ne pas entendre. D'ailleurs, il passe déjà à l'affaire suivante. Je suis juste un dossier. Et dans ce dossier, il est noté que j'ai peut-être tué un garçon de mon âge.

En sortant du commissariat je suis obligé de m'appuyer contre un mur. Moi Jim j'ai peut-être tué quelqu'un ! En tout cas je l'ai frappé si violemment qu'il est plongé dans le coma.

Avais-je le choix ? Je suis sûr qu'il voulait tuer mon Américaine. Mais comment en persuader ce... au fait comment s'appelle-t-il ?

Je consulte la carte qu'il a glissée dans ma main au moment de prendre congé.

– Au cas où tu te rappellerais un élément nouveau, par exemple où se trouve ton Américaine, a-t-il précisé. (Je jurerais avoir surpris une once d'ironie dans son ton.)

Édouard Malidari.

Un numéro de portable est griffonné à la main.

Je ne risque pas de l'appeler. J'ai mieux à faire que servir d'agent de renseignements à la police judiciaire.

J'empoche la carte, et je file vers Élodie.

Elle est là, rousse à n'en plus finir, elle flamboie sous le soleil, véritable buisson ardent. En voilà une que rien n'effraie, même pas les rayons assassins de l'astre qui éclate dans le ciel. Non, elle tend sa peau vers lui, tout en aspirant un liquide rouge avec une paille, orange la paille, comme le tee-shirt. Je parie que c'est fait exprès ; elle a sans doute encore testé son charme ravageur sur le serveur qui a obéi sans broncher.

Élodie est une fille à qui tout le monde obéit.

Je m'affale en face d'elle. Elle abaisse son regard vert sur moi, elle ne remarque pas mon désarroi, pressée de me narrer sa folle nuit chez je ne sais plus qui, et à vrai dire je m'en fous.

– Ça flirtait dans tous les coins, et pas que ça, je te prie de me croire ! On se serait cru à une partouze.

Charmant. Vraiment charmant.

– Tu ne me demandes pas ce que j'ai fait et avec qui ?

Je ne demande pas. Je n'ai plus la force de jouer. D'ailleurs, étrangement, ce qu'elle a fait et avec qui ne m'intéresse pas. Indifférent. Je suis devenu indifférent. Je pense à Lisa, Lisa Hope devenue Lisa Saltzman, à sa fuite, à sa peur, à sa blondeur, à ses yeux si clairs, et tout le reste me paraît léger comme une bulle de savon, futile comme Élodie et ses petits soucis.

Je me lève.

– Élodie, ne m'en veux pas, mais j'ai eu une nuit, disons agitée, je te raconterai peut-être plus tard, bien que je me demande si ça peut t'intéresser... On se téléphone et on se fait une toile un de ces jours ? Je crois que le film de Michael Moore est enfin sorti mais là aussi, je me demande si ça peut t'intéresser.

Sur ce, et avant qu'elle n'ait le temps de répliquer, je m'empare de son verre à moitié plein et je le vide d'un trait. Soif, soudain, je pourrais boire la mer. Mais je n'ai qu'un canal à moitié à sec, et devant moi une fille superbe qui me laisse froid.

Par cette chaleur, c'est un comble.

Je m'enfuis avant qu'elle ne plante ses griffes dans ma peau.

Mais je parie que si je me retourne, elle est déjà en train de rigoler avec le type de la table d'à côté, qui la reluquait en dépit de ma présence.

Je m'en fiche. Je file chez l'oncle Sam qui, lui, m'écoutera.

Il n'est toujours pas en état de quitter sa chambre. Sa température a chuté, mais il renifle, tousse – ou plus exactement crache les conséquences de ses clopes – et se plaint. Le parfait prototype du malade chiant.

Je descends lui chercher des journaux et un pack d'eau ainsi que quelques boîtes de raviolis – Sam a des habitudes alimentaires très néfastes pour l'équilibre nutritionnel – et je remonte, chargé comme un mulet. Quelle idée d'habiter sous les toits !

– Si tu crois que j'ai le choix ! Une chambre de bonne, c'est tout ce que je peux m'offrir ! Mais raconte-moi ta nuit ! Tu ne t'es pas trop ennuyé ?

– Tu es loin du compte. Quand je pense que c'est toi qui m'as jeté dans cette galère !

Il m'écoute, les yeux écarquillés, les oreilles en écoutille. Enfin, il murmure :

– Tu n'as pas à rougir de ce que tu as fait, Jim. Je suis sûr que j'aurais tenté quelque chose moi aussi, même sans skate ! Tu as agi d'instinct, et il faut faire confiance à son instinct, il a souvent raison. Donc, récapitulons. Tu aperçois le type en train d'étrangler Lisa, tu interviens pour l'obliger à la lâcher, ce qui arrive puisqu'il s'écroule comme une masse. Tu descends pour appeler les secours et quand tu remontes, elle s'est…

Il esquisse un geste vers le plafond.

– … volatilisée !

– Oui, malheureusement ! Et moi je veux la retrouver au plus vite, je suis sûr qu'elle est en danger…

Il réfléchit. Reprend :

– Jim, un détail me turlupine, tes trois gus, comment sont-ils entrés dans les chambres ? Ils avaient forcé les serrures ?

– Pas du tout, je réplique, le couple avait oublié de verrouiller ! Et Lisa aussi…

– Pourtant si elle se cachait, remarque l'oncle Sam, elle aurait dû penser à fermer sa porte à clef !

Il a raison. C'est incompréhensible que Lisa n'ait pas fermé sa porte à clef. Ou alors…

– Ils avaient peut-être un passe.

Sam se redresse sur son lit.

– Il y a autre chose : tu es bien sûr que ton Américaine a foutu le camp pendant que tu avais le dos tourné ? Elle a donc sauté par la fenêtre ou alors elle est sortie par la porte pendant que tu bigophonais… ou… alors, elle est peut-être encore DANS l'hôtel. Rien ne nous assure qu'elle en soit sortie. Tout ce que nous savons, c'est qu'elle n'est plus dans sa chambre.

Seulement l'hôtel est complet et j'imagine mal un client ouvrir sa porte en pleine nuit à une fille visiblement paumée. Encore que. Dans la vie tout est possible. Mais ce matin, pendant sa tournée, Marina l'aurait repérée, et si elle était sortie Ève Duval n'aurait pas manqué de la stopper.

Dans un hôtel, il y a aussi des caves, des recoins, des greniers.

– Au fait, s'informe l'oncle Sam, que dit ma chère patronne de toute cette agitation ? Elle doit être aux cent coups, non ?

Franchement, l'état d'esprit d'Ève Duval n'est pas au sommet de mes préoccupations. Ma seule vraie préoccupation, c'est mon Américaine.

– Je te donne un bon conseil, déclare sentencieusement l'oncle Sam en s'extirpant de son lit pour se diriger vers la douche – un truc rudimentaire qu'il a installé lui-même –, rassemble tes forces et fonce ! Et dis-toi que c'est possible, que tu peux, que tu dois la retrouver !

J'ai l'air si découragé qu'il continue :

– Mon petit Jim, toutes les grandes choses ont été perpétrées par des êtres humains comme toi et moi qui ont œuvré sans relâche pour faire reculer les limites de l'impossible. Alors cesse de te torturer et cherche-la ! Si tu y crois, tu la retrouveras !

Je suis déjà sur le pas de la porte lorsqu'il me rappelle :

– Jim, je ne sais pas si tu sais... mais il y a une chambre vide, au second étage, la chambre 20. Elle était dans un tel état qu'Ève Duval a décidé d'y faire effectuer des travaux. Si mes souvenirs sont bons, la clef se trouve dans le tiroir du bureau. Vérifie, on ne sait jamais ! Quelqu'un aurait pu oublier de la fermer à clef et Lisa a pu y trouver refuge...

J'y cours.

La patronne n'est pas seule. Le lieutenant s'est déplacé en personne, et feuillette le registre sans lever la tête vers moi.

Ève Duval me fixe comme si j'étais la cause de tous ses maux.

– Ah te voilà ! Et en avance encore ! Je me demandais justement si tu aurais le courage de venir !

– Je ne vois pas pourquoi je ne serais pas venu, je rétorque en essayant de ne pas me laisser démonter, d'abord c'est mon job ! Et puis, je n'ai rien à me reprocher !

– Comment ? Tu te permets de quitter ton poste, sans verrouiller la porte derrière toi, et tu oses dire que tu n'as rien à te reprocher ?

La situation s'annonce difficile. J'espère seulement qu'elle ne va pas passer la soirée à me remonter les bretelles ! Bon, j'avoue que j'aurais dû rester cloué à mon fauteuil, mais j'avais faim. La faim excuse tout.

Un claquement me tire de mes pensées. Le lieutenant vient de refermer le registre.

– Jim, autant te le dire sans détour, je suis allé voir ton oncle. Et il a fini par me révéler un drôle de détail.

J'essaie de réprimer mon étonnement. Sam aurait reçu la visite de la police ? Mais pourquoi ne m'en a-t-il rien dit ? Parce qu'il pensait que ce n'était pas important, pour ne pas m'affoler ou parce que je suis reparti si vite qu'il n'en a pas eu le temps ?

Ève Duval tamponne ses yeux avec un mouchoir ourlé de dentelle. Pourquoi est-ce que j'ai la manie d'enregistrer des détails aussi saugrenus et surtout qui ont si peu d'importance dans l'affaire qui nous occupe ?

– En fait, tu n'étais pas le seul à déserter. Ton oncle avait aussi la fâcheuse habitude d'aller faire un tour en pleine nuit, d'ailleurs souvent à la même heure. À croire qu'une force d'attraction gigantesque vous pousse vers cette épicerie, j'y suis passé pour vérifier vos dires…

Il se racle la gorge qui doit être aussi sèche que la mienne.

– Je me pose une petite question. De toute évidence, les voleurs ont profité de ton absence pour perpétrer leur forfait… mais ils ont pris de gros risques…

Je me tais, le lieutenant réfléchit, moi je ne souhaite qu'une chose : qu'ils s'esbignent et me laissent le champ libre.

Soudain Ève Duval lance :

– Tout ça est ta faute ! Et celle de ton oncle ! Celui-là ne perd rien pour attendre ! Dès qu'il sera rétabli, je le jette à la porte ! Tu peux lui annoncer la nouvelle !

– Et moi ? Dois-je en déduire que ma présence en ces lieux n'est plus souhaitée ?

Je ricane, mais en mon for intérieur je n'en mène pas large. Mon Américaine… Sans moi, que va-t-elle devenir ?

Ève Duval hésite. Finit par articuler :

– Tu finiras la semaine.

Oh la belle âme ! Je la soupçonne surtout de n'avoir personne pour me remplacer.

– J'espère que je n'aurai pas à le regretter, conclut-elle.

Le lieutenant se lève de sa chaise et se dirige vers la porte. Il s'arrête, se retourne vers moi pour me lancer :

– J'ai posté deux de mes agents dans la rue, je suppose que tu les as repérés en arrivant ?

Devant ma mine ahurie, il laisse échapper un soupir qui ferait pleurer une baleine.

– Décidément, je me suis trompé sur ta sagacité ! Sache qu'une voiture ordinaire, sagement stationnée, peut contenir des représentants des forces de l'ordre, tu as pourtant dû voir ça dans les séries télévisées !

– Mais pourquoi ? j'articule. Vous pensez qu'ils reviendront ?

– Qui sait ? Il vaut mieux prévenir que guérir. J'ai déjà un type dans le coma, je ne veux pas que tu m'en amoches d'autres ! Remarque, sans ton arme de prédilection, ça te serait plus difficile ! D'ailleurs, Jim, si tu me permets cette familiarité, c'est surtout sur ta santé que je veille.

– Sur ma santé ? Je vous remercie, mais je me porte très bien !

J'en bégaie d'indignation.

– Justement, j'aimerais que ça dure ! rétorque mon ange gardien. Car si ces deux types veulent venger leur copain, je préfère que tu ne te retrouves pas seul en face d'eux ! D'autant plus que le toubib de l'hôpital est formel : le comateux est un authentique junkie. C'est tout pour ce soir, et je te souhaite une bonne nuit, achève-t-il en disparaissant dans la rue.

Ève Duval en profite pour se carapater. Je suis seul. Je préfère ça. Même si je dois affronter les deux autres affreux. Qui pourraient très bien entrer dans l'hôtel par l'arrière-cour. Je parie que le lieutenant n'a pas pensé à ce détail !

Les flics, faut s'en méfier.

Elle rouvre les yeux, les lève vers le toit. Par la lucarne, un souffle d'air brûlant tombe sur elle, ainsi qu'un bout de ciel traversé par les lueurs du couchant. Depuis combien de temps croupit-elle dans ce réduit surchauffé à bloc ?

Elle scrute un moment l'ouverture taillée dans le toit. Puis elle abaisse son regard et cherche. Elle n'a pas rêvé, elle a bien entendu quelque chose tomber à ses côtés.

Elle tend la main. Elle trouve. Un objet doux et chaud, une petite boule que ses doigts effleurent, plumes et bec, un oiseau.

Elle le saisit délicatement, l'espace d'une seconde se demande s'il ne s'agit pas d'une ruse, « ils » sont capables de tout, leur imagination est sans limites.

Elle s'enhardit pourtant, soulève l'oiseau inerte, ailes repliées sur le corps minuscule. Hirondelle venue d'ailleurs, qu'elle serre sur sa poitrine. Cadeau du ciel, don des dieux, elle pose ses lèvres sur le plumage noir et blanc.

L'oiseau tressaille. Aile brisée, patte cassée, corps rompu, yeux perçants, curieux de voir, bec ouvert, avide de vivre.

Il a faim, et soif.

Elle aussi.

Lui surtout.

On ne laisse jamais un animal agoniser ; on l'achève. On lui doit bien cela.

C'était la version de son père.

On peut aussi le soigner et le sauver.

C'est la version de l'oncle Stuart.

La meilleure version, sans aucun doute.

Elle n'est plus seule. Elle a charge de vie.

Elle rampe vers la porte, l'hirondelle contre elle. Mais elle se sent si lourde soudain, la tête lui tourne, éclairs dans les yeux, tonnerre, le ciel est bleu pourtant, pas une brise d'air. Elle étend sa main libre vers la porte qui la sépare du dehors. Elle se soulève pour atteindre la poignée, retombe sur le plancher, ses lèvres heurtent le coin de la malle.

Sang qui gicle, taches rouges que le bois avale, douleur sourde, elle entend des pas dans les escaliers qui mènent aux combles.

Se cacher encore mais dans ce cas qu'adviendra-t-il de l'hirondelle ?

Les pas se rapprochent puis s'éloignent.

L'hirondelle mourra.

Les pas reviennent, une main s'acharne sur la poignée.

Une chance sur mille.

Son instinct encore, qui lui dit que ces pas-là ne sont pas les leurs. D'ailleurs, elle s'en moque soudain. Seul l'oiseau compte.

Mais elle n'entend plus rien.

Elle s'effondre. Une goutte de sang s'échappe de sa lèvre tuméfiée, tombe sur les plumes noires et blanches qui l'avalent. L'oiseau ne bouge plus que faiblement, bec clos, yeux vides.

Résister. Ne jamais renoncer.

Un client arrive, je lui tends ses clefs et lui souhaite une bonne nuit. Il monte les escaliers d'un pas lourd.

Enfin seul. Je vais pouvoir fouiller l'hôtel de fond en comble jusqu'à ce que je trouve mon Américaine.

Commencer par le début : la chambre dont m'a parlé l'oncle Sam, fermée pour cause de travaux.

J'en ai le cœur dans les chaussures. Pourtant, je farfouille dans le tiroir. Mes doigts ramènent une clef au grand jour. Je la glisse dans ma poche.

Je ferme la porte d'entrée, et tire le rideau. Les agents dans leur voiture ne pourront reluquer à travers le tissu. De toute façon, ce qui se passe à l'intérieur ne les intéresse pas.

J'y suis, dans la fameuse chambre. Elle est vide. Des pots de peinture et des rouleaux de papier peint attendent patiemment que les ouvriers rentrent de vacances.

Je ne vais pas m'arrêter là ; j'irai jusqu'au bout, quel qu'il soit.

Je file dans les escaliers, direction les caves. J'y trouve tout un bric-à-brac de vieux sommiers, de tapis élimés, de chaises bancales mais d'Américaine nulle trace.

Je me hâte de quitter ces lieux inhospitaliers et je grimpe vers le grenier. En passant, j'ouvre les placards du premier et du second étage. Personne.

Je me dis que c'est râpé, mais je persévère dans ma quête folle.

J'arrive dans les combles. Poussiéreux et torrides. Dans cet air raréfié personne ne résisterait plus d'une heure. La mansarde de l'oncle Sam, en comparaison, est un palace ! Je dois me tenir courbé pour ne pas me heurter aux solives, et le plancher est si vermoulu qu'il risque de céder sous mon poids.

Je n'ai plus qu'à faire demi-tour en espérant ne pas me vautrer dans cet escalier de fortune.

Je m'arrête.

On dirait un frémissement, une voix ténue, au loin.

Tu rêves, Jim !

Je ne rêve pas.

Je me retourne.

Personne. Ma lampe de poche, que j'ai eu la précaution d'emporter, n'éclaire que les coffres d'osier et les innombrables toiles d'araignées qui peuplent les lieux.

J'ai rêvé.

Reste, Jim ! Écoute !

Impossible de ne pas obéir à cette voix intérieure qui me tarabuste. Qu'est-ce que j'espère ? Personne ne pourrait survivre dans ce réduit chauffé à bloc !

Et soudain j'aperçois une tenture et derrière la tenture que j'écarte, une porte.

Je la pousse. Elle résiste. J'insiste, elle cède.

Et tout à coup je la vois.

C'est elle. Mon Américaine.

Elle est allongée sur le plancher, les cheveux emmêlés, elle a les yeux fermés, du sang sur le visage, et elle serre sur son cœur un oiseau noir et blanc.

Vivante. Du moins je l'espère.

Elle bouge.

Elle ouvre la bouche, aspire l'eau, avidement, déglutit, tend les lèvres.

Elle est assise sur le lit d'une chambre encombrée de pots de peinture et de rouleaux de papier peint posés contre un mur où l'humidité a tracé des fleurs moites et biscornues. Sur un socle de verre, une télé éteinte.

Il a entouré ses épaules de ses bras et penche vers elle un verre à moitié vide. Elle boit, les yeux fermés. Lentement, ils s'entrouvrent.

Elle esquisse un sourire. Ses lèvres sèches ont du mal à former les mots. Elle murmure :

– J'ai soif.

Elle boit encore. Il se demande quand elle s'arrêtera. Heureusement, il a remonté plusieurs canettes de Perrier. Rien de tel pour vous réhydrater en douceur. Il contemple le verre qui se vide, la bouche qui palpite. Sur le cou, des traces encore rouges. Et blottie sur sa poitrine, l'hirondelle.

– I'm hungry, dit-elle en repoussant le verre.

Il sourit. Il a pris la précaution de monter ce qu'il fallait.

Elle dit encore, en désignant l'oiseau :

– Il faut s'occuper de lui, il est trop faible pour boire tout seul. Il m'est tombé dans les bras. C'est grâce à lui que j'ai trouvé la force d'appeler. Et tu m'as entendu, ajoute-t-elle en tournant sa tête vers Jim, ça fait deux fois que tu me sauves la vie.

Son visage s'assombrit. Sur les ailes de l'oiseau les doigts tremblent, imperceptiblement, mais Jim le remarque.

Il risque :

– Des policiers surveillent les alentours de l'hôtel, vous... tu es en sécurité.

Elle secoue la tête, douloureusement, des larmes pointent sous les paupières pâles.

– Je voudrais te croire, mais je sais bien que je suis en danger.

Puis, brusquement, d'une voix véhémente :

– Ils reviendront, je suis leur proie, tu comprends ?

Il répond que oui, il comprend.

Elle hésite avant de reprendre :

– Je sais que c'est difficile de me croire, mais toi au moins tu ne me prends pas pour une folle, comme les autres. Ils pensaient que je ne les entendais pas ! Mythomane, ils ont dit. Même mon oncle était de leur avis ! Ah ils étaient tous gentils, very nice, all, but...

Elle porte ses doigts à son cou, effleure les marques violacées :

– C'est une preuve, non ?

Jim se mord les lèvres. Puis se lance, impossible de garder ces informations pour lui, après elle pourra ressortir, marcher dans la rue au grand jour, avec un peu de chance, sa main dans la sienne, il lui montrera les passerelles du canal, il l'emmènera jusqu'à l'Ourcq, il…

– Les trois voyous qui t'ont agressée…

Déjà elle s'écrie :

– Oui, c'est ça, un hasard, encore un hasard ! Pour mes parents aussi, ils ont conclu à un accident, alors que c'est impossible, tu m'entends, absolument impossible ! Mon père n'a jamais eu d'accident de toute sa vie, en plus il roulait doucement, il faisait beau… Je ne vois pas pourquoi tout à coup, sans raison, il aurait quitté la route et foncé dans cet arbre ! C'est ridicule. Aussi ridicule que de croire que cette agression était un simple cambriolage et que ce type n'en voulait qu'à mon fric ! C'était juste une mise en scène ; en fait, ce qu'ils voulaient et ce pourquoi ils sont venus, c'est moi.

Jim pose un doigt sur les lèvres, lui intime de baisser le ton, les clients dorment.

– Mais pourquoi ? Tu as des ennemis ?

Il veut la croire, mais ça coince. Il demande encore :

– Et comment savaient-ils que tu étais là ? Ils t'ont suivie quand tu as quitté le palace ?

Elle le dévisage, étonnée. Il reprend :

– Oui, le lieutenant de police m'a parlé de toi quand je suis allé faire ma déposition cet après-midi. Il m'a dit que tu t'étais enfuie. Il m'a aussi appris que tes agresseurs étaient des junkies qui étaient vraisemblablement en manque et qui avaient besoin d'argent liquide. Il ne pense pas que tu sois en danger... ni que tu aies des assassins à tes trousses...

Les larmes coulent, silencieuses, sur les joues blondes. Il voudrait tendre les doigts, les balayer d'un geste, mais il n'ose pas, de peur de l'effaroucher. Elle est si seule que toute tentative d'approche peut se solder par une rebuffade. Alors, il la regarde pleurer.

Il murmure enfin :

– Moi, je te crois.

Elle lève vers lui ses yeux pleins de larmes et sourit. Il pose sa main sur son bras nu :

– Je te crois, mais j'aimerais comprendre mieux. Tout d'abord, pourquoi as-tu des ennemis ?

– Mais je n'en sais rien ! Je ne sais pas qui peut m'en vouloir, ni pourquoi ils ont tué mes parents.

Elle extirpe un bout de papier chiffonné de sa poche.

Il lit.

– On a reçu ce mot doux, et le lendemain l'accident a eu lieu. J'ai montré le papier aux policiers mais ils ont prétendu qu'il n'y avait pas de lien, ils me l'ont même rendu en disant que c'était une vulgaire lettre anonyme sans importance. De toute façon, pour eux il n'y a pas d'affaire, seulement un accident, un simple et banal accident de la route !

Elle a l'air épuisé soudain. Elle ferme les yeux. L'hirondelle dort sur sa poitrine, légère. Si fragile, pense-t-il. L'oiseau et la jeune fille se ressemblent. Perdus.

C'est elle qui rompt le silence.

– J'ai encore un oncle, il doit s'inquiéter pour moi.

Elle réfléchit, sa lèvre inférieure palpite.

– Mais si je te demande d'aller le rassurer, il exigera forcément de savoir où je suis. Il pensera que ma manie de persécution recommence, et il me confiera à ce toubib, un spécialiste de premier ordre dans les troubles psychologiques des jeunes filles de la bonne société... qui lui expliquera que mon comportement pathologique est dû à la trop grande sécurité affective dont j'ai bénéficié dans mon enfance ! Il a bâti toute une théorie là-dessus. Les adolescentes de mon genre, c'est son pain quotidien. Il paraît que je ne suis pas un cas rare, il y a plein de filles de mon milieu, comme il dit, qui disjonctent quand elles se trouvent confrontées à un gros problème qu'elles ne peuvent accepter, comme la mort de mes parents pour moi.

Elle ne pleure plus. Les yeux qu'elle pose sur Jim sont clairs et sereins. Elle dit :

– Tu es la première personne à croire en ma parole. Thanks !

Elle ajoute doucement :

– Je n'oublierai jamais.

Combien de temps vais-je pouvoir la cacher dans cette piaule ?

Je n'arrive pas à répondre à cette angoissante question. Tôt ou tard, il faudra bien qu'elle revienne au monde.

Pour l'instant je la garde. Je suis bêtement content de la savoir là-haut, dans ces dix mètres carrés.

Elle n'a que moi. Je ne dois pas la décevoir.

Je lui ai fourni de quoi se désaltérer jusqu'à ce soir. J'ai aussi déniché un paquet de gâteaux secs dans le bureau, et, en fouillant un peu partout, je suis tombé sur les clefs de l'antre aux merveilles : la cuisine. Où j'ai pris une brick de lait – elle doit aimer ça, en bonne Américaine –, un paquet de chips, des biscottes, un pot de confiture. Si Marina constate les larcins, je plaiderai coupable, une fringale en pleine nuit, ça arrive. Je ne l'ai entraperçue qu'une fois, ce matin, mais elle m'a paru sympa.

Après, elle a voulu que je m'occupe de l'hirondelle. Ça n'a pas été une mince affaire. Une pipette, a-t-elle décrété, pour l'eau, et un ver de terre écrasé, sinon elle va mourir.

J'ai dû m'exécuter. Heureusement, dans la trousse de secours, j'ai trouvé une pipette. Pour le ver de terre, ça a été plus coton. J'ai fini par en repérer un dans la minuscule plate-bande où pousse un hortensia malingre. Je l'ai écrasé avec une fourchette et Lisa a gavé son oisillon à l'aide d'un cure-dent. Il a bien voulu ingurgiter. Elle était heureuse. Et moi j'étais content de les avoir sauvés tous les deux, mon Américaine et l'oiseau.

Dans une heure, c'est la relève. J'ai du mal à ne pas sombrer dans le sommeil. Alors je pense à elle. Je l'imagine en train de dormir, rassurée, confiante, maintenant qu'elle a rencontré une personne qui daigne croire en sa parole.

N'empêche tout au fond de moi – dans des recoins dont je ne suis pas fier – le doute me titille. Un très vilain doute, qui me pousse vers des idées pas jolies, du genre, s'ils avaient raison, si elle était un peu mytho sur les bords ? Et moi, bonne poire, je rentre dans son jeu ! Je participe à son scénario, je la soustrais aux gens qui l'aiment, en l'occurrence à son oncle qui ne dort certainement pas avec sérénité, lui.

Je pourrais tout arrêter. Dire stop, ça suffit. La rendre à son oncle, à sa vie, à son palace.

Je n'en ferai rien.

Je suis peut-être complètement idiot, mais je veux la croire.

Et surtout, je ne veux pas la décevoir. Ses yeux, ah ses yeux, si bleus, et son air quand elle a dit : « Je n'oublierai jamais. »

Voilà Ève Duval, le journal sous le bras. D'après mon oncle que cette manie fait sourire, c'est sa grande occupation de la matinée, entre deux clients, deux coups de fil, deux ordres à Marina. Elle l'étale sur le comptoir et l'ouvre :

– Tu as vu, non évidemment, tu n'as pas vu, on parle de la fille...

Je me penche :

On recherche Lisa Saltzman, seize ans, cheveux clairs, peau blanche, yeux bleus, un mètre soixante-cinq, corpulence fine, profil psychologique instable, perturbée par drame familial récent. Toute personne ayant eu contact avec elle est priée d'avertir la police ou de joindre M. Stuart Saltzman au 01-44-12-73-42.

Forte récompense assurée.

Une photo est jointe à l'avis de recherche. On y voit mon Américaine, le visage épanoui dans un sourire. Sans doute un cliché qui date de l'époque heureuse, fourni par l'oncle Stuart.

– C'est bien elle, je la reconnais ! Lisa Hope, qu'elle avait noté sur la fiche, la menteuse. Et fugueuse ! Elle ne risque pas de réapparaître de sitôt ! Si ça se trouve, elle a décampé avec un petit copain, du genre qu'on ne peut pas présenter à sa famille…

Ève Duval contemple la photo du journal avec une mine gourmande, l'air de quelqu'un qui serait distrait de ses propres soucis par ceux des autres. En l'occurrence d'une autre. Je la sens qui cogite, qui émet des hypothèses. Elle est si absorbée par ses réflexions qu'elle ne songe pas à m'interroger sur ma nuit. De toute façon, même si elle me torturait je ne lui révélerais rien. Mon Américaine, c'est chasse gardée, je ne la partage pas. Et puis Ève Duval n'est pas du genre à savoir garder un secret, elle aurait vite fait d'alerter le lieutenant, qui rappliquerait pour extirper Lisa de sa cachette. Cachette fournie par moi Jim. Je ne pense pas que le lieutenant serait ravi par cette nouvelle performance !

Dehors. Un peu de fraîcheur ponctue ce début de matinée. Mais on sent que le répit sera bref et que la chaleur se prépare à déferler sur le macadam. Devant moi la place de la République, et ses bistrots d'où émanent des senteurs de café et de croissants. Avec tous ces événements, je n'ai pas eu le réflexe de piquer dans les viennoiseries que Marina rapporte chaque matin de la boulangerie d'en face. Mais

Lisa non plus n'a pas droit au petit déjeuner, elle doit se contenter de ses biscottes enduites de confiture et arrosées d'eau plate. Ce soir, je lui monterai des nourritures plus substantielles, et des vers pour son oiseau.

Si d'ici ce soir personne n'a songé à pénétrer dans la chambre ! Je crains le pire : les ouvriers qui commencent leur travail, Ève Duval qui fait un tour au second étage, ou Marina qui décide de donner un coup de chiffon sur les meubles ou de nettoyer les vitres, tout est possible et j'en ai froid dans la nuque.

Depuis que j'ai décidé de croire mon Américaine, un malaise diffus s'est introduit en moi et ne me lâche plus. J'ai l'impression que des yeux invisibles sont braqués sur moi, qu'on m'épie, qu'on me suit. Je suis sûr que si je me retournais, je les remarquerais, ils doivent être non loin de moi, ils attendent le moment propice pour me régler mon compte, moi qui me suis fourré dans cette histoire, moi qui ai pris parti pour elle, contre eux.

Elle m'a embarqué dans sa galère. Et je me demande comment lutter contre un ennemi non identifié. Comment affronter des hommes qui peuvent être n'importe qui ?

En plus, si je me fie à son témoignage, « ils » sont malins, chaque fois « ils » se débrouillent pour masquer le meurtre en accident. Pourtant, cette fois elle a bien été agressée personnellement.

Je dois être un peu fou pour la croire, ou alors amoureux à la folie.

Un pas dans mon dos, j'en jurerais.

Une main sur mon épaule. Je me retourne, prêt à bondir.

Pas de doute, je suis un peu nerveux.

Car le type qui me sourit n'en veut apparemment pas à ma vie. Et d'après l'allure qu'il a encore moins à mon portefeuille.

– Je vous ai suivi depuis votre sortie de l'hôtel, me dit-il d'une voix un peu rauque traversée d'un léger accent américain, ne m'en veuillez pas, mais j'ai besoin de vous parler.

Il reprend, sans me laisser le temps de poser la moindre question :

– Allons boire un café, je vous expliquerai tout. Nous serons mieux autour d'une table qu'en plein boulevard. D'ailleurs, il y a tant de bruit qu'on ne s'entendrait pas.

Je le suis. Il entre dans le premier bistrot et s'installe délibérément au fond de la salle. Puis il commande d'office deux grands cafés et des croissants. Il a l'air d'un homme qui a l'habitude de se faire obéir. De son visage se dégage une autorité naturelle, un peu comme celle de mon ancien prof de maths. Il doit avoir une petite quarantaine, des cheveux coupés court où se mêlent quelques fils blancs, un teint mat, et des mains soignées qui reposent sur le marbre de la table. J'attends. L'impression d'être en classe. Bizarre, mais je ne ressens aucune appréhension. Ce type, j'ai envie de le respecter, de l'écouter, comme je respectais et écoutais mon prof de maths. Ça ne se commande pas.

– Vous devez vous demander ce que je vous veux. Être accosté en pleine rue par un inconnu, il y a de quoi se poser des questions.

Il parle très lentement, comme s'il hésitait sur les mots qu'il choisit. J'en déduis que le français n'est pas sa langue maternelle. Comme pour Lisa.

Il jette un sucre dans son café, et touille sans me quitter des yeux.

– Je m'appelle Franz Bishof, et je suis, enfin j'étais, le fondé de pouvoir des parents de Lisa. Lisa, ce prénom vous dit quelque chose, n'est-ce pas ?

J'acquiesce, la gorge sèche. Il continue :

– Le lieutenant chargé de l'enquête sur cette tentative de cambriolage qui s'est soldée par la fuite de Lisa m'a parlé de toi. Tu permets que je te tutoie ? D'ailleurs, je t'encourage vivement à faire de même.

J'acquiesce encore d'un signe de tête.

– Je cherche Lisa, reprend-il, je la cherche désespérément. Je m'en voudrais s'il lui arrivait quelque chose. En plus, j'ai besoin de la consulter dans le cadre de ses affaires.

Il me raconte que la mort de ses parents a fait de Lisa l'unique héritière d'une fortune plutôt rondelette. Une affaire de chocolat, d'après ce que je comprends.

– Je suis très attaché à Lisa, bien plus qu'elle ne s'en doute, me confie-t-il en décortiquant un croissant. Son père a eu sa vie durant une confiance totale en moi, et je veux respecter sa volonté par-delà la mort. C'est-à-dire régler au mieux la succession et défendre les intérêts financiers de Lisa. Pour cela j'ai besoin d'elle.

J'ai une envie terrible d'intervenir, mais je réalise que la moindre de mes paroles risquerait de lui faire comprendre que j'en sais davantage que je ne suis censé savoir. Pourtant, je ne peux m'empêcher de prononcer :

– Elle a peut-être de bonnes raisons de fuir...

Je me mords les lèvres. Trop tard.

Il me fixe à présent avec une drôle de lueur dans ses prunelles sombres.

– Tu lui as parlé ?

Perspicace, le type. J'essaie de me composer des traits impassibles.

– Pas du tout ! Si vous croyez qu'on a eu le temps de faire causette cette nuit-là ! Tout s'est passé tellement vite ! Simple logique, quand on fuit c'est qu'on a peur de quelque chose ou de quelqu'un, non ?

Il ne prétend pas le contraire. Son regard se durcit.

– Je suis sûr que tu en sais plus que tu ne veux l'avouer. J'ai eu raison de m'adresser à toi.

J'ai l'impression d'être en face d'un juge qui ne perd pas une miette de mes réactions. Celui-là me semble encore plus coriace que le lieutenant et je vais avoir du mal à me défiler. Mais je me rappelle le regard égaré de mon Américaine et je déclare de mon ton le plus anodin :

– Je ne vois pas ce que vous attendez de moi, je vous répète ce que j'ai dit à la police : je ne sais rien, je ne serais même pas capable d'identifier les agresseurs, je ne comprends rien à cette histoire qui, pour tout vous dire, n'est pas la mienne.

Un sourire sarcastique se dessine sur les lèvres de mon interlocuteur.

– Ça m'étonnerait. Un garçon de ton âge ne peut rester insensible au charme de Lisa !

Dans le mille ! Mais je m'oblige à ne pas bouger.

– C'est pourquoi, toi qui l'as sortie de ce mauvais pas, tu dois être également sensible à son avenir.

Je ne réagis toujours pas. Il essaie de me prendre par les sentiments pour mieux me tirer les vers du nez. Ce type est redoutable.

– Je ne te lâcherai pas, Jim. Où que tu sois, je serai. Et dis-toi que ma patience a des limites. Tôt ou tard je te ferai craquer. Je n'ai pas besoin de flics, moi.

Je m'enhardis alors à pousser un long soupir d'indignation :

– Même sous la torture je ne pourrais avouer ce que j'ignore ! Je vous le répète, cette histoire n'est pas la mienne. En plus, si je savais quoi que ce soit, vous pensez bien que j'en profiterais pour empocher la récompense.

Là, j'ai marqué un point. Il a beau savoir se maîtriser, son regard laisse percer une once d'étonnement :

– Quelle récompense ?

Je hausse les épaules :

– Vous n'avez pas lu *Le Parisien libre* ? Eh bien je vous conseille d'y jeter un coup d'œil ! Sur ce, je vais me coucher, merci pour le café !

Il ne me retient pas, trop pressé de s'emparer du journal qui traîne sur la table voisine.

Une fois dans la rue, je m'interroge. Un soi-disant ami des parents de Lisa qui s'est mis en tête de la retrouver. Tout seul.

Pourquoi n'accorde-t-il pas ses violons avec l'oncle ? Pourquoi ne conjuguent-ils pas leurs efforts pour la retrouver ? À deux on est plus forts. Or chacun, apparemment, œuvre dans son coin. En plus, Lisa n'a pas fait la moindre allusion à ce Franz, seulement à son oncle.

Plus j'y pense, plus je me dis que ce type n'est pas franc.

Et si c'était lui qui voulait du mal à mon Américaine ?

Sur ces pensées positives, je grimpe les escaliers et tombe sur ma mère qui part travailler. Elle a une mine inquiète pour me demander la raison de mon retard. Mais j'esquive, je l'embrasse gaiement et lui assure que tout va le mieux possible dans le meilleur des mondes. Elle fait semblant de me croire, de toute façon son boulot l'attend. Moi, je me glisse sous mon drap et je m'endors en souhaitant que mes rêves m'éclairent sur la conduite à tenir, car je pressens une tonne d'emmerdements à venir.

Quinze heures à la pendule de la cuisine. Encore dans les vapes, je me prépare un café que je vais boire accoudé à la balustrade de mon minuscule balcon. Vue superbe sur une passerelle et sur la terrasse du bistrot d'en face.

Je manque en laisser choir ma tasse.

C'est lui. Aucun doute. Il est assis devant un verre qu'il porte de temps à autre à ses lèvres. Il a l'air de quelqu'un qui a tout son temps.

Il me fait face. D'ailleurs, il ne se gêne pas pour lorgner la porte d'entrée de mon immeuble, comme s'il s'attendait à en voir surgir quelqu'un.

C'est moi qu'il attend.

J'avais raison de me méfier de lui.

Maintenant, il lève carrément les yeux vers mon étage, et c'est tout juste s'il ne me fait pas signe ! Il ne manque pas de culot !

Donc, il sait où j'habite. Soit le lieutenant n'a pas su tenir sa langue – mais je doute qu'il lui ait donné mon adresse – soit il m'a suivi ce matin, sans que je m'en rende compte. Ou alors il obtenu l'info de la patronne de l'hôtel.

Sonnerie de téléphone. Je décroche.

La voix me tombe dessus, comme une pluie de grêlons.

– Alors c'est toi qui t'amuses à saloper notre boulot ? Et qui est-ce qui va nous payer maintenant ?

La voix est haineuse, sans âge, et si proche que j'ai l'impression que le type est en face de moi.

En face de moi.

Franz Bishof, sur la terrasse, est en train de téléphoner. Impossible de distinguer le mouvement de ses lèvres, mais je parie qu'il est en train de dire :

– À partir de ce jour, tu t'écrases, et il n'y aura pas de piqûre de rappel, si tu nous emmerdes encore ce sera ta fête, par la même occasion on loupera pas ta mère. Ta petite maman, tu y as pensé ? Elle a que toi comme fiston, tu as imaginé la joie qu'on va lui causer quand on va la saigner après lui avoir apporté ta petite gueule sur un plateau ?

On a raccroché.

Franz Bishof aussi raccroche.

Je m'écroule sur une chaise.

Avertir le lieutenant ?

Je suis déjà en train de décrocher le combiné, mais je me ravise. Le lieutenant serait capable de dire que j'affabule pour me rendre intéressant.

Ce qui est sûr désormais, c'est que j'ai mis les doigts dans une sale histoire.

En plus on y implique ma mère, elle qui n'a rien mais alors strictement rien à y voir ! Je n'arrive plus à réfléchir, je dévale les escaliers, il va comprendre qui je suis, il va sentir ma colère, il...

Il n'est plus à sa place. Le salopard s'est hâté de fuir.

Lisa a raison d'être terrorisée.

Je ne lui parlerai pas de ce coup de fil. Je l'embrasserai, ce sera mieux.

Mais au fond, je commence à me faire du souci pour mes abattis. Sans compter que j'ai entraîné ma mère dans cette galère, elle qui rêve d'une vie calme !

Il faut absolument que je m'en sorte. Je devrais dire que je nous sorte de là. Nous trois, Lisa, ma mère et moi.

Et moi qui n'ai vu que deux types encagoulés, impossibles à identifier ! Sans compter celui que j'ai amoché et qui, dans l'état où mon skate l'a mis, ne risque pas de m'avouer la vérité de sitôt. Il y a aussi ce Franz. Bizarrement je ne le crois pas capable de prononcer les mots que je viens d'entendre. Jamais il ne s'abaisserait à une telle vulgarité.

Mais je crois aussi que ma connaissance du genre humain mérite d'être approfondie ! Si on m'en laisse le temps !

Je dois faire un aveu, et de taille : j'ai peur.

Dans la chambre, la télé est allumée. Sur l'écran apparaît le présentateur du journal de 20 heures. Il a la tête de son emploi, celle d'un type qui s'apprête à annoncer de mauvaises nouvelles. Les bonnes, apparemment, ne passionnent pas les foules.

Elle caresse les plumes noires et blanches de l'hirondelle qui palpite sur sa poitrine. La pipette d'eau repose sur le lit, à côté d'elle, ainsi que la soucoupe et le cure-dent.

Elle fait attention de ne pas bouger. Ne pas brusquer l'oiseau dont la vie ne tient qu'à un fil. Elle a réglé au minimum le son de la télé.

– Tes voisins de palier ignorent que cette chambre est inoccupée, mais tâche de faire le moins de bruit possible, lui a recommandé Jim avant de s'éclipser.

Elle a pris une douche, elle est étendue en soutien-gorge et en slip sur le drap ouvert, les cheveux mouillés, seule manière de lutter contre la chaleur qui envahit la chambre trop petite, sans ventilateur, qui donne sur une arrière-cour chaude comme une étuve.

Dans peu de temps, Jim arrivera. Elle y pense en jetant un regard distrait sur l'écran. Il arrivera avec son sourire rassurant, ses yeux noirs qui se posent sur elle avec tant de douceur, et sa voix qu'elle aime. Depuis qu'il est apparu dans sa vie, elle a l'impression que sa solitude est moins dense, comme si elle s'était mise à craqueler, comme si le ballon de baudruche qui l'enfermait laissait soudain échapper un peu d'air confiné.

Elle inspire. L'hirondelle secoue son aile brisée.

De temps en temps, la jeune fille ne peut s'empêcher de lorgner la porte, de tendre l'oreille, à cet instant ses doigts frémissent sur les plumes, ses lèvres se serrent.

La peur ne l'a pas quittée. Elle est encore incrustée en elle, comme une tumeur, une chose dure et maligne qui s'agrippe et ne vous lâche pas.

Sur la table de nuit, repliée, la feuille où sont inscrits les mots brefs qui ont changé le cours de son existence. Les mots qui ont entraîné la mort de ses parents.

« Big pig, we'll kill you. »

Elle n'a pas oublié. La menace valable hier tient toujours.

Elle est en état d'alerte et l'ennemi est partout.

Mais il y a Jim.

Un sourire se dessine sur ses lèvres. Jim, c'est autre chose. Quelque chose qu'elle n'a jamais connu. Rien à voir avec ses boy friends d'avant, du temps de l'insouciance et des soirées d'enfer, Jim ne ressemble pas à ces garçons-là, qui ne pensent qu'à s'amuser, flirter et prononcer des mots sans importance.

Jim est quelqu'un pour qui les paroles sont des actes. C'est ainsi qu'elle le voit, qu'elle l'entend, qu'elle le respire.

Avec lui, elle est elle. Plus besoin de tricher, de parler pour ne rien dire, de meubler l'espace, elle peut se taire, elle peut pleurer, elle peut exprimer ses sentiments les plus étranges, ceux qu'elle enfermait en elle comme des incongruités. Il l'écoute, il la croit, il l'accepte.

C'est la première fois que ça lui arrive.

Elle fixe l'écran où les lèvres du présentateur articulent des sons.

Et soudain ses oreilles éclatent, ses tympans se brisent, ses yeux s'écarquillent sur l'étrange lucarne. À côté de l'homme en cravate, raide et guindé, un autre est assis.

L'oncle Stuart a les yeux d'un homme en proie à un lourd chagrin. Ses yeux clairs, les mêmes que ceux de sa nièce, fixent un interlocuteur qu'il ne voit pas.

Il la fixe.

Il parle.

Il lui parle, dans un français hésitant :

– Darling, si tu me vois, si tu m'entends, écoute-moi, n'éteins pas surtout ! Mais j'ai très peur que tu ne m'entendes pas, que tu ne m'écoutes pas. Alors je vais parler à tes ravisseurs.

Ses mains sont crispées sur un mouchoir à carreaux. Il continue, d'une voix tendue :

– J'ai voulu prendre la parole en public pour rassurer officiellement les ravisseurs de ma nièce. Je me range à leurs conditions. Je n'ai qu'un seul désir : qu'ils me rendent Lisa saine et sauve. Elle est tout ce qui me reste en ce monde. Elle est jeune, elle a le droit de vivre.

La voix se brise. Lisa se surprend à penser que pour passer à la télé il aurait pu adopter, une fois n'est pas coutume, une autre tenue que celle qu'il porte d'habitude, passablement négligée, la tenue de quelqu'un qui se moque ouvertement des apparences.

Puis l'oncle Stuart disparaît, escamoté par un autre problème, d'une autre importance, dix morts dans un attentat.

Elle appuie machinalement sur la télécommande.

L'écran redevient noir.

Elle a déposé l'oiseau sur le drap blanc. Elle s'habille, elle peine à enfiler sa robe sac, s'emmêle dans les ouvertures. Elle suffoque sous le tissu. Ses mains s'agitent, elle retient un cri, enfin trouve la manche.

Entre les plis du rideau, une mouche s'affole, vrombit, se jette contre la vitre, revient se perdre dans le velours. L'hirondelle a posé sa tête menue sur le drap blanc, elle dort. Elle attend de guérir. Elle attend sa pâtée de ver de terre. Elle a confiance.

Lisa s'adosse contre le mur. Elle peine à rester debout, elle regarde l'oiseau, la mouche, la porte, la fenêtre ouverte.

Prévenir l'oncle Stuart, le rassurer, quitte à sortir.

Vite, les chaussures. Elle prend l'oiseau contre elle, pose la main sur la poignée.

La porte est fermée à clef.

Elle se retourne, la fenêtre est ouverte, elle pourrait enjamber le châssis et sauter. Une fois dans la cour, elle s'engouffrerait dans l'immeuble d'en face où elle trouverait une porte qui donnerait sur une rue. Ensuite, Paris serait à elle, elle y découvrirait un autre refuge, pour l'oiseau et elle.

Mais l'hirondelle. En sautant, elle risquerait de la lâcher ou de la blesser.

Elle ne veut pas courir ce risque.

Elle se recouche, l'oiseau sur sa poitrine.

Elle pleure. On pleure parfois ses illusions perdues aussi amèrement que des morts.

Je lui ai apporté des bonbons. Un gros paquet de cochonneries pour mômes, de toutes les couleurs. Elle pourra les croquer en regardant les conneries de la télé. Ça la distraira.

Je lui ai aussi apporté des victuailles plus consistantes. Abricots et melon pour tout de suite, pain de seigle emballé et terrine en bocal, ainsi que des yaourts.

La chaleur n'a pas cédé d'un degré. Les murs des immeubles renvoient des bouffées d'air brûlant. J'approche de la rue du Grand-Prieuré. Mon skate me manque. Surtout que les flics ne semblent pas vouloir me le restituer ! Si je veux à nouveau monter sur un skate, j'ai intérêt à gagner quelques sous pour m'en offrir un autre !

Si je l'avais sous les pieds, je l'aurais semé depuis longtemps, l'autre satané Franz.

Car il ne prend même pas la peine d'être discret, il me suit comme si c'était la chose la plus naturelle au monde.

Il faudra bien qu'il abandonne sa filature lorsque j'arriverai à destination. À moins qu'il ne veuille prendre ma place derrière le comptoir ?

Je m'efforce de faire le fanfaron, de ne pas penser à la menace qui pèse sur moi, mais le cœur n'y est pas. Pourtant, il va falloir que je me compose un visage détendu, serein, gai, pour ne pas affoler davantage mon Américaine.

Je sens que ce n'est pas gagné. On va passer la nuit à trembler dans les bras l'un de l'autre.

J'entre dans l'hôtel. Une fois de plus, Ève Duval n'est pas seule.

– Je t'attendais, dit le lieutenant, je voulais t'annoncer deux nouvelles, une mauvaise et une bonne. Laquelle veux-tu en premier ?

Je ne réponds pas. Il continue :

– Je vais commencer par la bonne, le gamin que tu as esquinté avec ton skate est sorti du coma. La mauvaise maintenant. Lisa, tu te souviens d'elle, je suppose, fait l'objet d'une demande de rançon. Qu'en dis-tu ?

Je crois que j'aurais besoin d'une chaise, mais personne ne songe à m'en avancer une. Ève Duval me fixe de ses yeux exorbités. Le lieutenant, lui, tapote sur le bois du comptoir du bout des doigts. Visiblement, ils attendent que je me prononce sur la question. Je bafouille :

– On a une idée du ou des ravisseurs ?

– Pas la moindre, répond le lieutenant. En plus, l'oncle tient à régler cette affaire lui-même.

Si un journaliste ne m'avait pas alerté, j'aurais appris la nouvelle au journal de 20 heures, il y a une heure. L'oncle a voulu s'adresser directement aux ravisseurs, et bien sûr il a songé aux médias. Les médias, c'est apparemment plus utile que la police. On leur confiera bientôt les enquêtes criminelles.

Une sourde rancœur perce dans sa voix. Il ajoute :

– Mais mes démêlés avec les médias ne te concernent pas. Je suis juste venu voir si tu n'avais pas, par hasard, du neuf pour moi. Un détail dont tu te serais soudain souvenu…

Je comprends que son enquête s'annonce mal. Il doit être pris à la gorge par sa hiérarchie, laquelle exige des résultats qu'il est incapable de fournir. Mais ce n'est pas mon problème. Mon problème, c'est de protéger mon Américaine.

Une idée horrible me traverse. Et si Lisa avait disparu de sa chambre ?

Je ne peux même pas vérifier si la clef est dans le tiroir où je l'ai remise ce matin. N'importe qui, finalement, peut s'en emparer, ouvrir la porte et enlever mon Américaine. Ou pénétrer dans la chambre avec un passe. Sauf qu'il aurait dû passer devant le comptoir où siège Ève Duval.

Mais cette dernière a, comme tout être humain, des besoins naturels. Et on a pu profiter de ses absences momentanées.

Heureusement le lieutenant se lève, suivi de la patronne, laquelle me confie la boutique jusqu'au lendemain. Elle est si fatiguée qu'elle en oublie de me faire les recommandations d'usage. Je me retrouve seul, et je préfère ça, je vais de ce pas grimper les escaliers et m'assurer que Lisa n'a pas bougé de sa chambre.

Au moment où je tire les rideaux et où je ferme la porte à clef, comme me l'a recommandé le lieutenant, je remarque une silhouette sur le trottoir d'en face. Franz Bishof !

A-t-il l'intention de faire le guet toute la nuit ?

J'ai complètement oublié de demander au lieutenant s'il avait posté des sentinelles pour veiller sur ma personne. Je scrute la rue, mais la nuit qui tombe m'empêche de distinguer l'intérieur des véhicules.

Voilà un client qui sonne. Je vais ouvrir la porte.

Je rêve. Mais c'est un cauchemar.

– Je peux avoir ma clef, chambre 313 ?

Je balbutie :

– Votre clef ?

Franz sourit, aimable, détendu. Il a l'air de celui que rien n'étonne, qui gouverne impeccablement sa vie.

– Je vois que tu ne comprends pas ce que je te demande. Je désire que tu décroches la clef de la chambre 313 sur le panneau situé dans ton dos, afin que je regagne mes...

Il a une seconde d'hésitation.

– Mes pénates. Tu peux consulter le registre, tu y trouveras mon nom.

Machinalement, je baisse la tête.

Je lis effectivement son nom inscrit en toutes lettres par Ève Duval dont je reconnais l'écriture.

– Qu'est-ce qui me prouve que vous êtes Franz Bishof ?

J'ai l'impression d'une tempête sous mon crâne.

Il me tend paisiblement un passeport : c'est bien sa photo, et le même nom.

– Alors te voilà rassuré sur mon identité ? Et puis-je enfin obtenir le sésame qui ouvre ma chambre afin d'y prendre quelque repos ?

Il se moque de moi. Son calme m'horripile. Ne sait-il rien de la demande de rançon ?

Comment pourrait-il être au courant s'il a passé la journée à reluquer mes moindres faits et gestes ?

Malgré la tempête, ça carbure sous mon crâne. Il n'a pas regardé les infos, il ne sait rien. Et sans doute l'oncle Stuart n'a-t-il pas pris la peine de l'avertir. D'ailleurs, quelles relations peuvent-ils avoir ? Des relations d'affaires, sans doute. En aucun cas ils ne sont liés par l'amitié sinon Franz en aurait parlé.

Et moi je n'ai aucun intérêt à lui fournir cette nouvelle. Plus j'y pense, plus je me dis que c'est une plaisanterie. Lisa est là-haut, elle m'attend. Personne n'a pu la kidnapper pendant que j'avais le dos tourné.

Je lui donne sa clef, en serrant les lèvres. Il n'obtiendra rien de moi.

J'ai promis à Lisa le silence.

Je le vois disparaître dans le tournant de la cage d'escalier.

Je n'ai plus la force de bouger de mon siège. Si je tente le moindre geste, il me tombera dessus. J'aurai à peine poussé la porte qu'il sera derrière moi, peut-être même devant.

Il n'a qu'un objectif et c'est le genre d'homme que rien ne fait renoncer : Lisa. Il ne me lâchera pas avant de l'avoir retrouvée. Comme il ne m'a pas quitté d'un pouce aujourd'hui. Au fait quand a-t-il réservé la chambre ? Sans doute pendant que je dormais, ou par téléphone.

Le téléphone… pourquoi n'y ai-je pas pensé plus tôt ?

Je compose le numéro de la chambre de Lisa. Personne ne décroche. J'essaie de me rassurer en me disant que Lisa n'a peut-être pas envie de répondre… elle a trop peur… elle ne peut savoir qui est au bout du fil…

Je n'ai plus qu'à me morfondre en attendant le dernier client. J'allume la radio dans l'espoir d'un scoop, mais rien de neuf. Et le lieutenant ne m'a fait aucune confidence. Que va tenter la police pour retrouver Lisa ? Est-elle d'accord pour que l'oncle Stuart paie la rançon ? Mais personne ne peut l'empêcher de faire ce qu'il estime juste. Il aime sa nièce, il veut la récupérer vivante. À sa place, que ferais-je ?

Je ne suis pas à sa place, mais à la mienne. Qui n'est pas des plus confortables, avec ce renard qui guette dans la chambre du premier étage. J'y pense : c'est la chambre qu'a occupée Lisa au moment de l'agression. Que cherche-t-il ? La police a ratissé les lieux, relevé les empreintes et d'après ce que j'en sais, n'a toujours pas mis la main sur les deux affreux jojos.

Je reluque le combiné noir qui luit dans l'obscurité du comptoir. Je tripote la carte donnée par le lieutenant et je tergiverse. Dois-je l'appeler ? Ou suis-je capable de me débrouiller ? Mais je ne suis pas seul en cause, ma mère est peut-être en danger, et cette idée m'est insupportable. J'aimerais autant que le lieutenant envoie un policier surveiller notre immeuble pendant mon absence.

Heureusement, j'ai incité ma mère à inviter ce soir un collègue de travail, et, sans lui raconter en détail le coup de fil, je lui ai recommandé d'être prudente. Je lui ai raconté qu'une bande de loubards sévissait dans le quartier et que l'épicière du coin en avait déjà fait les frais.

Elle m'a cru. Elle n'imagine pas que je mente, moi son fils. Mais est-elle à l'abri ? Et Lisa ?

Minuit. Il reste encore un client dehors, tant pis, je me risque. Je veux en avoir le cœur net. Pieds nus, je grimpe les escaliers. L'emmerdeur de la chambre 313 n'est pas dans les parages. Je continue mon chemin. Je tourne la clef dans la serrure. La porte s'ouvre.

Personne.

On est arrivé avant moi.

J'ai le cœur qui dégouline, quand soudain un bruit furtif me fait tourner la tête.

Elle sort de la salle de bains, son hirondelle contre elle, délicatement serrée. Elle me fixe avec des yeux pleins de douleur.

– Pourquoi tu as fait ça ?

– Fait quoi ? je demande bêtement.

Elle pose l'hirondelle sur le lit, s'avance vers moi, comme si elle voulait m'acculer contre la porte que j'ai refermée dans mon dos.

– Mais cette demande de rançon ! Tu m'as bien enfermée pour réclamer de l'argent à mon oncle ? Et après, quand tu auras l'argent, qu'est-ce que tu comptes faire de moi ? Me tuer ? Comme les autres ?

Une lueur me traverse. J'en frémis.

– Tu peux croire que... Tu peux imaginer que...

Je n'arrive pas à terminer mes phrases. Un sourire hésitant se dessine sur son visage.

– Alors, pourquoi tu as fermé la porte à clef ?

– Mais pour que personne n'entre, ne serait-ce que par inadvertance, un client qui se trompe de chambre par exemple, Marina, ou Ève Duval ! Pour te protéger !

Elle est dans mes bras. Je la serre contre ma poitrine, elle sent le savon. Elle pèse moins qu'une plume.

– J'ai eu si peur que tu m'aies trahi, hoquette-t-elle.

J'embrasse ses cheveux, son nez, ses joues, son front, ses lèvres enfin. Elles ont un goût de menthe. Un goût d'éternité bienheureuse. Je n'arrive plus à penser. Je suis plein d'elle, à craquer. Au bout d'un long moment, elle s'écarte. Ses joues ont rosi.

– Alors, qui a bien pu demander une rançon ?

Comme si j'étais capable de répondre à cette question ! Elle poursuit :

– L'essentiel pour l'instant est de rassurer mon oncle. Mais moi, je ne peux pas sortir. C'est toi qui dois y aller pour lui dire que je vais bien, qu'il ne paie pas cette rançon qui n'a aucun sens, et que je l'embrasse, qu'il me manque et que...

– On peut y aller ensemble, je suggère.

Mais je me souviens tout à coup de l'affreux Franz Bishof qui a pris pied à l'intérieur de son refuge.

Je lui en parle. Elle grimace.

– Il ne m'a jamais inspirée ! Le genre froid, efficace, le vrai fondé de pouvoir quoi ! Il était très proche de mon père mais mes parents devaient sûrement se méfier de lui car ils ne l'ont pas désigné comme tuteur dans leur testament, c'est l'oncle Stuart qu'ils ont choisi, malgré sa vie errante et son manque de disponibilité, il est ma seule famille désormais.

Elle triture une mèche de cheveux en poursuivant :

– Mon père me le disait bien, que je devais être vigilante, me méfier de tout le monde, que ma situation attirerait la jalousie, l'envie... Je ne voulais pas le croire, ça me paraissait trop horrible, mais maintenant je suis obligée de lui donner raison. Franz a sûrement une bonne raison de m'en vouloir, même si j'ignore encore laquelle... de nous en vouloir, à mes parents et à moi, au point de nous tuer... il faudrait comprendre...

Elle se tait. Elle contemple l'oiseau blessé et murmure :

– J'espère que tu as pensé à lui, à ses vers, je veux dire.

Question nourriture, j'assure. Pour le reste, je dois faire mes preuves.

Je redescends, deux canettes de Perrier vides à la main. Et qui je trouve, affalé dans le fauteuil, derrière le comptoir ?

Lui. Franz. L'emmerdeur.

Il sourit, comme s'il trouvait normal d'être assis à ma place, devant la télé qu'il a allumée. Ce type est fou. Fou et dangereux. D'ailleurs, je distingue un renflement au niveau de la ceinture, sous sa veste sombre. Un flingue, sans aucun doute. Et moi, je suis seul face à un fou avec un flingue.

– Je t'attendais, annonce-t-il.

– Ah oui, je réponds en essayant d'adopter une voix normale, mais je vous ai déjà dit que je n'ai pas besoin de vous. En plus, je suis au boulot, et j'ai envie de le faire correctement, je ne sais pas pour vous mais moi j'ai besoin de gagner ma croûte.

Son sourire s'élargit.

– Je sais, mon petit Jean-Marie.

Il savoure le sursaut que je ne peux réprimer et ajoute comme s'il récitait une leçon :

– Tu es né à Paris, tu auras dix-huit ans en janvier prochain. Ton père est décédé dans un accident de voiture provoqué par un chauffard ivre et sans permis trois mois avant ta naissance, et ta mère est seule pour t'élever avec son salaire de secrétaire dans une compagnie d'assurances sur la place de Paris. Vous ne roulez donc pas sur l'or même si l'appartement que vous occupez a été acheté grâce à l'assurance vie que ton père avait eu la prudence de contracter pour vous. Tu vas entrer en terminale, tes résultats scolaires sont honorables tout en étant en dessous de tes réelles capacités. Tu ignores quelle profession choisir. Tu adores ta planche que la police t'a si injustement confisquée. Tu es un de ces nouveaux gavroches qui hantent les trottoirs et le macadam, et qui font peur aux vieilles dames que tu croises. Tu es capable de courage, car tu t'es interposé bravement entre trois voyous et une jeune fille.

Il s'arrête pour me contempler longuement, comme s'il attendait une réponse. Je me surprends à demander :

– Vous croyez, vous, que cette agression était un hasard ?

Quelle mouche m'a piqué ? Je devrais être catastrophé à l'idée qu'il connaisse ma vie sur le bout des doigts et voilà que je m'apprête à me confier à lui !

Son sourire est tombé, et il répond d'un air grave :

– Je le crois. Je suis avec toi et pas contre toi. Je crois que Lisa est en danger. Je n'ai pas d'autre objectif que de la retrouver et de la protéger. J'aime beaucoup Lisa, même si elle n'en sait rien.

Je me mords les lèvres. Je ne dirai rien. Il a beau essayer de me tirer les vers du nez, je ne tomberai pas dans le panneau comme un petit jeune qui fait confiance au premier qui lui sourit.

Se méfier. Lisa a raison. J'écarte les bras dans un geste sûrement très exagéré.

– Hélas, je n'en sais pas davantage que vous ! Désolé de ne pas pouvoir vous venir en aide ! Et si vous remontiez dans votre chambre, j'en serais ravi.

Il ne fait pas mine de bouger. Je lorgne le téléphone. Et si j'appelais le lieutenant ?

Pour lui dire quoi ? Qu'un client veut faire la causette avec moi ? Il serait capable de répondre que c'est mon boulot et de me raccrocher au nez. Quand j'y pense, je suis en train de narguer les forces de police qui sont peut-être en train de déployer des moyens considérables pour retrouver Lisa Saltzman ! Ça s'appelle comment, ce comportement ? Si l'on apprend que j'ai caché Lisa sous le prétexte de la sauver, je n'aurai plus qu'à m'acheter quelques polars et quelques oranges, histoire d'occuper sainement mon temps entre les murs de ma cellule.

Pourtant, je reste sur mon statu quo. Pour l'instant, Lisa est saine et sauve dans la chambre 20. Elle donne la becquée à son hirondelle qu'elle a appelée Pénélope.

– Tu es vraiment têtu ! Si je m'acharne sur toi, mon petit, c'est que je sais que tu en vaux la peine. Tôt ou tard on viendra vers toi et je veux être là quand ça arrivera.

– Qui ça, on ?

Il me dévisage comme si j'étais né la veille :

– Tu crois vraiment qu'ils vont te laisser tranquille ? Tu leur as déjà causé pas mal d'ennuis, ils n'en resteront pas là !

– Mais enfin ce n'est pas à cause de moi que Lisa s'est enfuie de son hôtel quand même !

Il soupire pour la première fois depuis notre rencontre.

– Oui, et c'est quelque chose que je ne me pardonnerai jamais ! J'aurais dû l'accompagner et veiller sur elle au lieu de la laisser monter seule dans cet avion. Ce séjour à Paris, j'aurais dû m'y opposer, mais je ne suis que le fondé de pouvoir, je ne peux contrecarrer la volonté de…

Il se tait, pâle soudain. Il se lève pesamment, passe devant le comptoir, me fait un signe avant de grimper les escaliers.

– Je vais tâcher de prendre un peu de repos, si j'y arrive. Mais demain est un nouveau jour, et peut-être aurai-je plus de chance qu'aujourd'hui. Je te conseille de fermer la porte à double tour. Au premier souci tu cries, je t'entendrai !

Le plus fort, c'est que j'obéis.

La porte est bouclée. Nulle force au monde ne m'obligera à l'ouvrir.

Elle est à nouveau couchée sur le lit qui emplit presque tout l'espace. Difficile de faire autrement, la chambre est minuscule, où se mettrait-elle ? Sur la chaise, devant la fenêtre, au risque d'être repérée par les voisins d'en face ? Le danger est partout, il peut se tapir dans les recoins les plus inattendus. Peut-être même sont-« ils » déjà dans un des appartements qui donnent sur la cour intérieure, peut-être sont-ils en train de la guetter, attendant le moment propice pour intervenir.

Ses doigts posés sur l'hirondelle frémissent. Elle essaie de chasser ses pensées sombres, de se concentrer sur un moment heureux de sa vie. Son enfance douce au bord du lac aux eaux tranquilles, le pensionnat et son parc, les vacances d'été avec ses parents sur l'île Moustique, les sports d'hiver à Montana. À l'époque où elle n'était qu'une enfant, une jeune fille insouciante.

Elle sent une larme pointer dans ses yeux, alors elle appelle d'autres souvenirs à l'aide, et surtout l'un d'entre eux, le plus récent, inoubliable. Le premier baiser de Jim. Ses bras autour d'elle, ses lèvres et son odeur douces. Là, elle s'est enfin sentie à sa place, elle aurait voulu y rester jusqu'à la fin des temps, mais il s'est écarté, il est redescendu, elle est restée avec la sensation de sa peau sur la sienne.

Elle veut retrouver cette impression de plénitude, elle ferme les yeux pour le revoir, si grand, si beau, si inattendu. Jamais elle n'avait espéré qu'un sauveur interviendrait entre eux et elle. Et il est arrivé.

Lisa pense que la vie a beaucoup d'imagination.

Puis, soudain, un craquement la fait sursauter. Les hôtels sont pleins de bruits, étranges, que l'on peine à identifier, porte d'ascenseur qui claque, marches qui grincent, tuyauteries qui rouspètent, éclats de voix aussi, qui s'approchent, s'éloignent.

Et Franz Bishof qui erre à sa recherche dans Paris...

Lisa fouille dans sa mémoire, elle essaie de rassembler tout ce qui concerne le fondé de pouvoir. Son père l'évoquait souvent, il y semblait très attaché. Mais son père ne s'était-il pas montré naïf en négligeant la lettre de menace, en la traitant avec tant de désinvolture ? Son père avait beau se croire lucide, il ignorait le mal, il n'avait peut-être pas compris que son plus fidèle collaborateur lui vouait une haine froide...

Brusquement, elle est persuadée qu'elle tient le détail qui lui permettra de voir clair dans cette histoire. Alors, elle creuse, s'acharne, et finit par ramener au jour une conversation qu'elle avait surprise entre la cuisinière et la femme de chambre, qu'elle n'avait pas bien comprise à l'époque... Si les deux femmes disaient vrai, elles qui connaissaient la famille depuis plus de trente ans, alors tout s'expliquait.

– Je ne comprends pas pourquoi monsieur garde cet homme près de lui, et à un poste si important...

– Oui, avait renchéri la femme de chambre, après ce qui s'est passé. En tout cas, on peut dire que le fondé de pouvoir n'est pas rancunier ! Lui qui aurait dû être à la tête de sa propre société !

– Mais tout ça est de l'histoire ancienne, et ça concernait les parents de madame, et les parents Bishof ! Finalement, tout est bien qui finit bien, avait conclu la cuisinière, Franz Bishof aurait pu vouloir venger son père et ça aurait pu mal tourner.

Ça a mal tourné, pense Lisa. Et parce que ça a mal tourné elle est contrainte de se réfugier dans cet hôtel, elle qui aimerait tant être ailleurs... avec Jim.

Elle s'imagine, dehors, au grand jour, ils marchent main dans la main, le front haut, libres, heureux. Il lui montre le Paris qu'il aime, et elle découvre, s'extasie, rit. Mais à cause de cet horrible Franz, elle ne peut rien faire de tout cela. Elle ne peut qu'attendre, recluse, prisonnière.

Ça aurait pu mal tourner. La petite phrase danse dans sa tête lasse, elle tente de la chasser, mais elle résiste. Si elle comprend bien, elle paie pour quelque chose dont elle n'est pas responsable, ni ses parents d'ailleurs. Ce sont toujours les innocents qui trinquent, pense-t-elle. La vengeance est un plat qui se mange froid. Et maintenant, c'est mon tour. Je suis la dernière. Pour mes parents, tout est consommé.

Une larme roule sur la joue pâle. Lisa pleure, murmure entre deux hoquets, c'est injuste. Jamais jusqu'à ce jour, elle n'a pensé à l'injustice. Mais depuis le meurtre de ses parents, tout a tellement changé dans sa vie ! La réalité lui a soudain éclaté au visage, une réalité pas très joyeuse : la solitude, la peur, sentiments renforcés par la certitude que personne, autour d'elle, ne croit en sa parole. Et puis maintenant cet hôtel, mal insonorisé, sans climatisation, même pas de frigo dans les affreuses chambres aux papiers défraîchis. Jamais bien entendu elle n'était descendue dans ce genre d'établissements. Toujours, pour elle, les palaces, les suites, les grooms et les concierges, les sourires polis, les plages privées, les mets raffinés.

Elle devine que Jim n'appartient pas à son monde, qu'il en est à des années-lumière, que Jim doit peut-être travailler pour payer ses études, ou ses extras, il ne lui en a pas parlé, mais depuis quelque temps sa sensibilité s'est affinée, elle comprend à demi-mot. Comme si soudain, sans avoir rien demandé, elle avait pénétré dans un monde où elle n'aurait jamais dû, en temps normal, mettre les pieds. C'est trop tard : elle y est. Et elle ne pourra plus revenir en arrière.

Et puis, elle n'a pas envie de revenir en arrière, de redevenir la Lisa un peu futile, un peu hautaine, un peu orgueilleuse, d'avant. Maintenant il y a Jim. Et Jim ce n'est pas rien, c'est même un événement dans sa vie. Jim ne ressemble à aucun des garçons avec qui elle a flirté, aucun des frères ou cousins de ses copines de pensionnat, Jim ne se cache pas derrière les convenances, Jim est un bol d'air frais dans sa vie, Jim est ce qui lui arrive de mieux.

Et peut-être paiera-t-il de sa vie son imprudence, son amour… son amour. Lisa est heureuse d'avoir pu penser ce mot, elle le murmure à présent :

– Jim mon amour.

Elle se sent avec lui.

Elle se dit que, dans le pire des cas, ils mourront ensemble.

J'ai presque atteint mon objectif, la grande façade ocre devant laquelle des grooms en uniforme et des voituriers attendent le client.

J'ai quitté mon poste dès qu'Ève Duval est arrivée. J'ai frémi en me disant que je laissais Lisa enfermée dans la chambre d'hôtel, à la merci d'Ève Duval ou de n'importe qui aurait l'idée d'aller voir à l'intérieur. Pourtant, je n'ai pas d'autre solution pour l'instant. Je me demande quels mots je vais trouver pour rassurer l'oncle Stuart qui doit être aux cent coups. Le rassurer sans rien dévoiler. Car Lisa a été formelle : elle veut demeurer où elle est, dans le plus grand secret.

– Jusqu'à quand ? me suis-je étonné.

Elle n'a pas pu ou su répondre.

Plus que quelques pas et je pénétrerai dans l'antre. Ce sera la première fois que je mettrai les pieds dans un palace. J'en ai vu, à la télé, dans des reportages. En général, ça fait rêver les gens, mais moi le marbre, les dorures, les pendeloques de cristal, les tapis d'Orient, ça me laisse froid. En tout cas, ce n'est pas de cette manière que j'aimerais vivre.

Si je le pouvais, je prendrais une tente deux places, un immense sac de couchage, un tee-shirt de rechange et Lisa. Nous partirions loin, n'importe où, ensemble. Nous nous aimerions. Ce serait bien.

Pour l'instant, je n'ai pas le choix : c'est ici que crèche l'oncle Stuart. C'est d'ici que Lisa s'est enfuie. La suite avec jacuzzi n'a pas suffi à la faire baigner dans le bonheur. Elle a préféré un petit hôtel qui ne paie pas de mine. Et où elle m'a rencontré. Où j'ai eu l'honneur et le plaisir de la sauver.

Ça a été la plus belle aventure de ma vie. Sauf que je n'arrive pas à me délivrer de la question suivante : comment tout cela va-t-il finir? Serai-je à la hauteur des circonstances? Lisa ne m'a laissé aucune illusion. Elle sait, m'a-t-elle déclaré, ses yeux clairs dans les miens, que l'histoire n'est pas finie, que jamais la partie adverse n'abandonnera le projet de l'éliminer.

Je suis curieux de rencontrer cet oncle Stuart. Lisa le connaît si peu, ce type absorbé par son action militante, ses gorilles et ses rhinocéros. Combien de fois l'a-t-elle croisé au cours de sa vie? Il ne revenait, a-t-elle dit, que pour repartir, toujours entre deux avions, il n'écrivait jamais, mais il rapportait toujours une babiole qui l'enchantait et contrariait ses parents, des objets que l'on n'offre pas d'habitude à une petite fille, qu'elle gardait précieusement.

Il était souvent en désaccord avec son père, m'a-t-elle dit aussi. Devant mon regard étonné elle a expliqué :

– Eh bien oui, mon père aurait voulu qu'il travaille à la firme, il ne voyait pas d'un bon œil ces voyages, et puis la sauvegarde des animaux en voie de disparition ce n'était pas sa tasse de thé...

Deux frères aux existences diamétralement opposées, voilà ce que j'en ai déduit. L'aîné, le père de Lisa, homme d'affaires obnubilé par la réussite et la prospérité de sa firme qu'il voulait transmettre à sa fille unique, et l'oncle Stuart, le passionné de l'Afrique, le défenseur des animaux, le justicier qui osait affronter les braconniers, superbe et généreux.

– Tiens donc, mais c'est Jim ! Qu'est-ce que tu fais ici...

Je me retourne. J'ai un sursaut de surprise.

– J'y crois pas ! Encore vous ! C'est du harcèlement !

– Je n'ai pas le droit de rentrer chez moi ? demande Franz Bishof avec ironie. Chambre numéro 45, tu peux vérifier. On se fera un plaisir de te renseigner ! Que veux-tu, j'ai toujours adoré avoir des chambres partout !

– Et vous comptez me suivre jusqu'où ? Puisque vous voulez tout savoir, je me rends chez l'oncle Stuart qui, j'invente à toute vitesse, a envie de connaître celui qui a défendu sa nièce.

Je m'arrête, à court de mensonges. Franz Bishof me dévisage avec un drôle de sourire sur ses lèvres fines.

– Je n'ignore pas que l'oncle Stuart a pris une chambre ici… Moi aussi, peut-être pour me trouver près de lui même si nous ne sommes pas de vieux amis. Il…

Franz Bishof s'interrompt soudain comme s'il craignait d'en avoir trop dit.

– Mais je ne vais pas te raconter nos vies, d'ailleurs ça ne te servirait à rien. En fait, pour tout t'avouer, nous n'avons qu'un point commun : la fortune de Lisa. Je t'ai déjà dit que je prenais ses intérêts à cœur…

Je hoche la tête :

– Vous feriez mieux de lui foutre la paix, à Lisa, elle ne vous a rien demandé que je sache, et moi non plus.

Et si je le menaçais de signaler au lieutenant la filature dont je suis la victime ? Peut-être que ça le dissuaderait de me suivre comme un toutou ? Encore que… Franz n'a pas la tête de quelqu'un qui se laisse sermonner par la police. Et puis je n'ai pas trop envie de brandir un bouclier, de ressembler à ces gens qui appellent la police dès qu'ils entendent un pétard éclater dans la rue devant leur sweet home.

Il s'installe dans un fauteuil et, tout en dépliant son journal, m'adresse un dernier sourire.

L'oncle Stuart est debout devant la fenêtre du salon – plutôt cossu, le salon – qui compose une des pièces de sa suite. Il a l'air las et débraillé d'un homme qui n'a pas beaucoup dormi.

– Excuse me ! dit-il en désignant son accoutrement hétéroclite – chaussures de cuir montantes, battle dress vert et chemise de la même couleur – que l'on s'attendrait davantage à voir sur un aventurier en pleine jungle que sur un client de palace.

Il s'affale dans un fauteuil en cuir.

– Le lieutenant m'a parlé de toi, dit-il dans un français hésitant, tu es le veilleur de nuit de l'hôtel. Je suppose que tu veux me voir parce que tu sais quelque chose, pour la rançon… and you want money, don't you ?

Je secoue la tête.

– Why ?

Dans un effort insensé, je m'efforce de desserrer mes lèvres et je murmure :

– Lisa… me demande de vous avertir qu'elle n'a pas été enlevée.

Voilà, c'est dit, je me sens mieux. Les yeux clairs de l'oncle Stuart hésitent. Colère, soulagement, tendresse, et une immense curiosité. Une curiosité si impatiente que je baisse la tête.

– Mais alors, cette demande de rançon c'est un joke ? Et Lisa où est-elle ?

– Je ne sais pas, je n'en sais pas plus que vous.

Ma réponse a été instinctive. L'oncle Stuart s'est levé, il arpente la pièce encombrée de meubles, louvoie entre deux bergères, fixe la porte comme s'il s'attendait à ce qu'elle s'ouvre sur sa nièce. Enfin, se décide.

– Tout ce que je désire, c'est retrouver Lisa.

Il s'affale à nouveau dans le fauteuil, passe une main sur son front.

– Depuis la tragique disparition de ses parents, je me suis rendu compte à quel point je tiens à elle.

– Plus qu'à vos gorilles ?

L'oncle Stuart a un sourire douloureux.

– Je vois qu'elle t'a parlé de mes... comment dit-on ? Obsessions... oui, elle compte plus que n'importe qui.

D'un ton plus vif :

– C'est pourquoi je ne laisserai personne toucher à... Comment dites-vous ? À un seul de ses cheveux... je veux la protéger, surtout de l'autre, ce fondé de pouvoir que je déteste... Il a pris une chambre ici, je me demande ce qu'il fait à Paris. Si lui ou quiconque fait du mal à Lisa je deviendrai... angry, féroce. Exactement comme s'il s'agissait de my daughter. Elle est la seule famille qui me reste.

Il plante soudain ses yeux clairs dans les miens et soupire :

– Je comprends qu'elle ait voulu fuir cet endroit.

Il désigne la suite :

– J'aurais dû comprendre qu'elle souhaite more liberty, c'est bien qu'elle soit tombée sur un garçon comme toi... Je suppose que tu es déjà amoureux d'elle ? Et que tu veux la sauver, ça va ensemble. Elle a dû te raconter qu'elle était poursuivie par de terribles gangsters, pauvre petite, j'imagine ce qu'elle ressent. Tu me plais, boy, continue-t-il en me scrutant, tu me sembles être a good boy.

J'approuve d'un signe de tête, sans m'en rendre compte. Je suis sous le charme du regard transparent, je contemple l'oncle Stuart en me disant que Lisa a de la chance, malgré tout, des types comme lui il ne doit pas y en avoir des tonnes dans le monde, juste quelques exemplaires, des spécimens rares, comme les animaux menacés d'extinction. Je m'entends prononcer :

– Je vais persuader Lisa de revenir. Vous avez raison, elle a besoin de vous...

J'ai tout oublié, l'angoisse de Lisa, les menaces téléphoniques, les agresseurs de la nuit, Franz dans le hall.

L'oncle Stuart a un don rare, celui de l'empathie instinctive.

J'ajoute en tendant ma main :

– Nous ne serons pas longs…

– Je compte sur toi, répond l'oncle Stuart, et surtout n'oublie pas de lui dire que je l'aime et que je l'attends. Que je vous attends, achève-t-il en ouvrant la porte devant moi.

Il ne ressemble en rien aux individus qui peuplent les palaces. Lui, il a une passion qui lui tient lieu de vie et pour laquelle il se bat. Et je parie qu'en Afrique il dort plus souvent sous la tente que dans un lit. C'est un baroudeur au grand cœur, qui, comme me l'a dit Lisa, distribue son argent et son temps à pleines mains. Un type généreux, quoi, comme il en existe peu à travers le monde.

Dans le hall, je croise des clients, costume-cravate, dames haute couture, chapeaux extravagants, toutes les nationalités dans ce palace sans frontières hormis celles de l'argent. Qu'est-ce que je fais là ?

Je m'engage dans la porte à tambour qui s'immobilise. Machinalement, je baisse la tête et je découvre les pieds de celui qui me fait face. Ces shoes, je les reconnais : les agresseurs portaient les mêmes… C'est un type à peine plus âgé que moi, vêtu comme moi, pantalon large, chemise ample, genre skater, et aux pieds... ces satanées shoes noires à lacets rouges.

Je lève les yeux vers le visage et je ne peux m'empêcher de tressaillir : traits crispés, teint grisâtre, et les yeux surtout... hallucinés, qui me fixent l'espace d'une seconde.

Mais déjà le type se dirige vers Franz Bishof. Je ne prends pas le temps d'en voir davantage, j'ai tout compris, je fonce à l'hôtel de Lisa.

J'ai hâte de quitter ce quartier. Tout en marchant, je pense à ce Franz. Vraiment bizarre, ce type ! Et dangereux, j'en jurerais. La preuve c'est qu'il connaît l'individu aux yeux hallucinés qui s'est dirigé vers lui sans hésiter. Il est donc facile de déduire que c'est Franz Bishof qui a commandité l'agression de Lisa... et sans doute est-il aussi à l'origine de l'accident qui a coûté la vie aux parents de Lisa.

Le triste sire n'est pas du genre à se salir les mains. Il se cache derrière ses comparses. Ses deux comparses, le troisième étant à l'abri dans sa chambre d'hôpital.

Franz est le grand ordonnateur de cette sinistre mise en scène. Il veut la peau de Lisa, pour une raison encore inconnue de moi, mais que je découvrirai. C'est lui qui a provoqué l'accident, et maintenant il veut terminer le boulot si bien commencé.

Je devrais téléphoner dare-dare au lieutenant pour lui faire part de mes conclusions mais le plus important, c'est de réunir Lisa et Stuart, de sortir Lisa de cette chambre ridicule et de vivre avec elle au grand jour, dans la splendeur de l'été. Je lui montrerai Paris, avec la bénédiction de l'oncle Stuart. Nous nous promènerons le long du canal, main dans la main, et je l'embrasserai en plein midi. Marre de cette chambre minable, de ces rendez-vous furtifs, je veux davantage, je veux tout.

J'arrive enfin dans la rue du Grand-Prieuré.

Garée devant l'hôtel, une voiture de police. Et, dans le hall, j'aperçois le lieutenant, en conversation avec Ève Duval.

Je stoppe net. Ramener Lisa à son oncle, d'accord, mais sans eux. D'ailleurs je n'ose imaginer la tête du lieutenant en voyant Lisa descendre les escaliers.

Lisa face à la police, devant rendre des comptes, cette idée m'est insupportable, d'autant plus que moi aussi je devrai m'expliquer sur sa présence dans la chambre 20. Au risque d'être accusé d'enlèvement.

Je recule brusquement. Le type que j'ai croisé dans le palace me double. Il me suit depuis le moment où j'ai quitté l'oncle Stuart. C'est Franz qui lui en a donné l'ordre.

Le type tourne au coin de la rue.

Puisque je ne peux pas pénétrer dans l'hôtel, je tenterai autre chose. Je veux en avoir le cœur net. Aller à la source des événements. Je parie que le garçon de l'hôpital a plein de choses à me dire.

– Il est sorti du coma, m'a dit le lieutenant, je vais en profiter pour lui faire cracher le morceau.

J'ai besoin de savoir, même si au fond de moi j'ai la certitude que ce maudit fondé de pouvoir se cache derrière tout ça.

Elle soupire, elle trouve le temps long, terriblement long. Si encore elle avait un magazine ou un roman !

Le livre qu'elle a, machinalement, le jour de sa fuite, fourré dans son sac à dos, ne lui est d'aucun secours : un thriller américain, qu'elle n'a pas envie de lire.

Elle grignote des biscottes.

Elle pourrait regarder la télé, mais elle risquerait de réveiller l'hirondelle qui dort paisiblement sur sa poitrine. Elle a de la chance de pouvoir dormir ! Elle a essayé, elle aussi, mais en vain.

Et puis dormir est trop dangereux, dans le sommeil tout peut arriver. Elle préfère être réveillée quand Franz viendra.

Elle ne baissera pas les yeux.

Elle lui fera face.

Elle lui demandera pourquoi.

Elle veut connaître la vérité avant de mourir. Pour ne pas mourir idiote.

Car le doute la traverse. Et si elle accusait Franz à tort ? S'il était innocent ? Si la vérité était encore plus terrible, si terrible qu'elle ne peut même pas l'imaginer ?

Elle caresse l'hirondelle endormie. Pourquoi ses parents ne lui ont-ils jamais parlé de ce qui s'était passé avec les parents de Franz ? Ont-ils cru que cela n'avait aucune importance, que ce n'était pas la peine de l'importuner avec une vieille histoire ? Son père n'était pas bavard, et sa mère aimait trop les choses de la vie pour se pencher sur son passé, et, en l'occurrence sur celui de ses parents.

Et Franz est devenu le fidèle collaborateur de son père, presque un ami de la famille... Pendant ce temps, il ruminait, préparait, échafaudait des plans. Forcément, il les connaissait bien, il était proche d'eux, il était capable de provoquer cet accident sans éveiller les soupçons, c'était un homme efficace et compétent, son père le répétait souvent.

Et cet homme parfait est un monstre. Dans la vie comme dans les polars, les monstres arborent des visages rassurants.

Lisa caresse le plumage doux de l'hirondelle endormie. Elle se dit que la vengeance de Franz ne servira à rien, puisqu'elle ne réparera pas les torts causés à ses parents – lesquels, elle l'ignore, des questions d'argent sans aucun doute.

Mais comment le persuader d'y renoncer ? Sans doute la haine a-t-elle pris toute la place et ne voit-il en elle que la fille de l'ennemi, qu'il doit vaincre.

J'ignore tout de l'étage où il se trouve ; en service de réanimation ai-je cru comprendre. Ce qui semble plausible vu l'état dans lequel je, ou plus exactement mon skate, l'a mis.

Je n'ai plus qu'à me rappeler le nom que j'ai entendu dans la bouche du lieutenant lorsqu'il m'a annoncé ce qu'il appelait la bonne nouvelle : Gaël Pivert. C'est ça, un nom d'oiseau pour un drôle de corbeau.

Je glisse dans les couloirs en espérant qu'aucune blouse blanche ne m'interceptera. Qu'expliquerai-je ? Que je cherche mon frère pour lui dire au revoir avant mon départ pour le pôle Nord ? Que mon cousin bien-aimé, mon meilleur copain réclame ma présence ? Finalement, j'ai l'embarras du choix.

Service de réanimation, porte close, sonnette. J'appuie dessus avec une sacrée frousse au fond du ventre, mais quand on y est, on doit faire face. À la blouse blanche. Mignonne mais avec un visage un peu las. Je prends un air humble pour déclarer l'objet de ma visite :

– Gaël est mon voisin, et comme je dois m'envoler ce soir pour Madagascar avec mes parents, je voudrais bien lui parler deux secondes, histoire de lui dire que je ne l'oublie pas même si je m'en vais… vous comprenez, c'est mon meilleur copain…

Je dois avoir l'air convaincant, car elle laisse tomber du bout des lèvres :

– Chambre 12, je vous donne une minute.

Elle semble soudain se rappeler un détail :

– Ah oui, son cousin infirmier qui travaille dans un autre secteur de l'hôpital est venu lui rendre visite. Vous le lui direz, à lui aussi, une minute pas plus !

J'obtempère.

La chambre 12 est au bout du couloir. Qui donne apparemment sur une porte vitrée reliant le service de réa à une autre aile.

J'arrive au bout du couloir en me disant qu'une minute c'est peu. Pas le temps de tirer grand-chose de ce Gaël.

Une ombre blanche sort de la chambre. Sans doute le cousin. Il a déjà disparu dans le couloir au-delà de la porte vitrée.

Je pénètre dans la pièce éclairée par une loupiote au-dessus du lit. Une forme est allongée sous le drap. Je m'approche et m'apprête à parler lorsqu'un détail m'immobilise.

Une seringue gît sur le lit. Vide.

Gaël Pivert ne bouge pas. Ses yeux ouverts me fixent sans me voir. C'est bien lui, je peux l'identifier malgré le nez pansé.

Il est mort. Aussi mort que je suis vivant.

L'infirmière va rappliquer. Une seconde pour faire demi-tour, je tombe dans ses bras, je me dégage, elle me laisse aller, elle ignore encore que son malade vient de passer de vie à trépas.

Quand elle s'en rendra compte, c'est-à-dire dans un millième de seconde, il faudra que je sois loin. Le plus loin possible. Ce ne sont pas des rigolos. Ce ne sont pas de vulgaires cambrioleurs. Ce sont des meurtriers qui ne reculent devant rien.

Qui sera le suivant sur leur liste ? Mon cœur bat comme un dératé dans ma poitrine qui me semble soudain extrêmement étroite. Évidemment, j'aurais dû m'en douter : il fallait absolument faire taire celui qui aurait pu révéler que le cambriolage était un assassinat camouflé. Commandité par l'affreux fondé de pouvoir qui veut se débarrasser de Lisa. Je suppose que la firme, les affaires, l'héritage de mon Américaine, se situent au cœur du problème.

Que se serait-il passé si j'étais arrivé quelques secondes plus tôt ? J'en frissonne.

Je me retrouve dans la rue. J'ai la tête qui chavire, les jambes qui tremblent. Pour ne rien arranger, je meurs de soif. Je me sens de taille à boire la Seine entière.

Dans mon escarcelle, il me reste dix euros, et une carte téléphonique. Mais si je ne veux pas me vautrer de fatigue sur le macadam, je dois boire avant de téléphoner. Je me précipite dans la première épicerie et j'ingurgite un demi-litre de flotte. J'ai à nouveau l'impression que mes neurones reprennent le dessus.

Je marche jusqu'à une cabine téléphonique, je m'y engouffre et je compose le numéro du portable du lieutenant.

Répondeur. C'est bien ce que je pensais : ces mobiles ne servent à rien. Mais je laisse tout de même un bref message. Le problème, c'est que je n'ai pas de numéro, moi, pour qu'il me rappelle. En désespoir de cause, je lui donne celui de la cabine. S'il prend connaissance de ma supplique dans la minute qui suit, j'ai une chance.

Pendant que j'attends un éventuel coup de fil, je me dis que Franz Bishof et ses acolytes savent que je sais où se cache Lisa. Ils ont besoin de moi pour remonter à elle.

Si seulement ce flic pouvait m'appeler !

Mais le téléphone reste muet. Qui d'autre pourrait m'aider ?

L'oncle Sam, évidemment. Il m'écoutera.

Quitter l'abri dérisoire de cette cabine chauffée à bloc, me retrouver sous le soleil, marcher quelques mètres, tourner au coin de la rue, monter des escaliers, parler à Sam.

T'en es capable, Jim, allez du nerf.

Je parie que dès que j'aurai tourné le dos à la cabine, le téléphone se mettra à sonner. Mais je n'ai pas le temps d'attendre. L'oncle Sam sera plus efficace que le lieutenant pour la bonne raison qu'il me connaît mieux que ce dernier. Et qu'il m'aime. On ne peut sauver que les gens que l'on aime.

Devant l'immeuble de Sam, je me rappelle que le lieutenant se trouve à l'hôtel, où je pourrais l'appeler. Mais ma carte téléphonique est vide et je n'ai plus suffisamment d'argent pour en racheter une. Je grimpe les escaliers jusqu'aux mansardes en espérant que Sam soit de bon conseil.

J'avais raison d'y croire : Sam trouve tout de suite la solution à mon problème. Il brandit une clef en souriant :

– Voilà le sésame que tu espérais ! Tu vas pouvoir installer ton Américaine. Elle sera en sécurité.

Je pourrais ramener Lisa directement au palace, mais ce serait trop dangereux : Franz n'a sans doute pas quitté son poste et je soupçonne qu'il a été assez intelligent pour en faire surveiller les accès par ses deux acolytes.

Ma première mission est de protéger Lisa. Elle aura donc droit à une minuscule chambre mansardée, identique à celle de Sam, qui appartient à un de ses amis, parti pour de lointaines pérégrinations. Elle y restera le temps que je contacte l'oncle Stuart. Je pourrais alerter la police, mais je pense que c'est à l'oncle Stuart de prendre les choses en main. Je sais que je peux lui faire confiance.

J'arrive dans une petite rue derrière l'hôtel. Heureusement, les immeubles ne sont pas tous équipés de codes, je peux me glisser dans celui que je convoite. Il me mène à la courette et de là à la cuisine où Marina officie.

– Le lieutenant a passé toute la matinée ici, il vient juste de partir…

Marina se tord les mains.

– Et ce n'est pas tout, il a emmené la patronne, pour interrogatoire… il va fouiller l'hôtel… et puis il n'a pas arrêté de me demander où il pourrait te joindre. Comme si je le savais, moi !

– S'il avait envie de me parler, il n'avait qu'à répondre à mon coup de fil !

N'empêche, j'ai beau jouer l'indifférent, je ne me sens pas très à l'aise. Et si le lieutenant avait quelque chose d'important à me révéler ?

S'il se doutait que j'ai besoin de protection ? Je n'ai pas oublié le coup de fil anonyme et son horrible menace. Quand je pense que ma mère peut faire les frais de mon imprudence !

Marina est tellement perturbée par l'arrestation de sa patronne qu'elle ne songe même pas à me demander pourquoi je grimpe au second étage. Heureusement car j'aurais un peu de mal à me justifier !

Mon Américaine est là, elle m'attend.

Elle vient de donner la becquée à l'hirondelle qui dort contre elle, confiante, son bec appuyé contre l'étoffe. Elle est aussi fine et fragile que l'oiseau niché contre sa poitrine. Je l'aime.

Elle saisit vite la situation. Elle soupire :

– Je comprends pourquoi Franz voulait à tout prix me parler quand j'étais à la clinique ! Il avait soi-disant des révélations à me faire au sujet de mon héritage et de mes parts dans la firme. Heureusement les médecins et l'oncle Stuart s'y sont opposés ! Comme si j'avais eu le cœur à m'occuper de fric !

Elle frémit, pose sa main sur mon bras nu, sa peau est douce comme l'eau tiède.

– Partons, vite !

Main dans la main, nous refaisons en sens inverse le chemin que je viens de parcourir.

J'entraîne Lisa vers l'immeuble de l'oncle Sam en priant le hasard de m'être secourable. J'ai pris toutes les précautions pour ne pas être suivi – je connais le quartier comme ma poche – et le dédale des petites rues n'a pas de secret pour moi.

Sam m'a donné quelques billets – son portable est bloqué, pour cause d'abonnement limité – de quoi acheter une carte téléphonique, qui me permettra de contacter l'oncle Stuart.

J'installe Lisa dans sa nouvelle demeure, et je cours téléphoner.

L'oncle Stuart décroche aussitôt, comme s'il était resté prostré près du téléphone.

– Eh bien je me suis fait du... chiendent, enfin non, du mouron, enfin j'étais mort de peur, what happens ?

Je mentionne le type que j'ai identifié comme étant l'un des agresseurs de Lisa, et qui est sorti du palace en même temps que moi. L'oncle m'écoute attentivement et remarque :

– Tu veux identifier quelqu'un sur des vêtements ? It's impossible !

C'est juste. Mais je persiste :

– Je suis sûr que j'ai raison. Je ne peux pas prendre le risque de conduire Lisa dans la gueule du loup. Je préfère que ce soit vous qui veniez ici, où elle est en sécurité.

J'entends son soupir à l'autre bout du fil, puis sa voix ferme :

– Je comprends. I come quickly.

Je lui indique l'adresse en ajoutant :

– Je n'ai pas d'ordre à vous donner, mais il serait peut-être judicieux d'avertir le lieutenant.

– C'est ce que j'allais faire, répond-il du tac au tac, je dois lui dire qu'on a retrouvé Lisa saine et sauve. Ne te tracasse pas, je ne prononcerai pas ton nom. La police ne saura pas que c'est toi qui as caché Lisa, je te le promets, conclut-il en raccrochant.

Avant de remonter, je décide de faire des courses, histoire d'alimenter Lisa et Sam. De toute façon, l'oncle Stuart n'est pas aussi rapide qu'un oiseau, et pour traverser Paris en taxi il lui faudra plus d'une demi-heure. Je serai rentré à temps pour l'accueillir.

J'avance vers l'immeuble de Sam, les bras chargés de paquets, en me disant que je vais peut-être perdre Lisa, qu'elle retournera à son palace, à sa vie, à ses Amériques. Et moi je resterai de l'autre côté de l'Atlantique, le bec dans l'eau.

Finalement, je n'aurais peut-être pas dû appeler son oncle...

Ce qui est fait est fait. Et puis il l'adore. Elle a besoin d'une famille, comme moi j'ai besoin de ma mère et de Sam. Sur ces pensées réconfortantes – qui ne me consolent pas du tout – je grimpe les ultimes marches et je pousse la porte, juste à côté de celle de Sam.

La porte s'ouvre,

l'horreur est en marche.

Lisa le regarde.

Il est là, debout, en face d'elle, il la fixe. Il exhale la haine, une haine froide, dure, sans pitié. La chambre en est pleine soudain.

Elle veut savoir, comprendre, mais déjà elle se demande si la haine a besoin de motif...

– Pourquoi ? murmure-t-elle toutefois, qui êtes-vous ? Que vous ai-je fait ?

D'un geste, il la pousse contre le mur.

– Ta gueule, pétasse !

Il a l'air d'attendre quelqu'un, il tend l'oreille vers la porte, l'arme pointée sur Lisa.

Elle pense à Jim qui va revenir, qui va mourir lui aussi, à cause d'elle, la terreur la submerge, elle défaille, tombe, la main de Sam la rattrape.

Ce type la tuera, sans remords, ensuite il écrasera l'hirondelle d'un coup de talon. Ce programme est inscrit sur son visage, Lisa l'a lu, elle n'a plus aucune illusion. Elle baisse les yeux, cette fois personne ne viendra la sauver, tout est fini. Elle aura lutté tant qu'elle aura pu, mais l'ennemi aura été plus fort, plus retors, plus opiniâtre.

Elle ravale ses larmes, ne pas lui donner ce plaisir, rester digne, mourir les yeux secs et grands ouverts.

Elle se redresse, contemple le rectangle fermé de la porte. Rien qu'une planche de bois qui la sépare de la liberté, de la vie, de Jim. Mais c'est trop tard. L'amour a perdu, c'est la haine qui aura le dernier mot.

Et soudain un vers d'Anna de Noailles, lu dans un recueil de citations, la traverse : « Il n'est rien de réel que le rêve et l'amour. »

Elle sourit.

Un pas dans le couloir.

Ils sont trois dans l'étroite pièce délimitée par la pente du toit et la lucarne oblitérée par un épais rideau : Lisa, Sam et lui.

Il me fixe avec un sourire cruel, ses traits crispés, ses yeux hallucinés. Au bout de son bras, un gros calibre pointé sur Lisa.

– Ah voilà le héros ! Nous nous retrouvons enfin ! J'attendais ce moment avec impatience !

Je remarque le voile dans ses prunelles dilatées, un type prêt à tout, un camé en manque. Un malade qui ne reculera devant rien. Le lieutenant et l'oncle Stuart rappliqueront dans peu de temps, question de secondes, il faut que je l'empêche de causer l'irréparable. Je lance :

– La partie est finie. Les flics sont au courant ! Ils arrivent, tu ferais mieux de lâcher ton arme avant de faire une connerie que tu regretterais toute ta vie !

Sam s'apprête à ouvrir la bouche, mais déjà l'autre éructe :

– Encore un mot et je la bute avant qu'il...

Il s'arrête soudain, la porte vient de s'ouvrir.

Lisa se précipite vers son oncle et tombe dans ses bras.

Que se passe-t-il ?

Il y a quelque chose qui cloche.

Quelque chose d'important.

L'oncle Stuart écarte Lisa d'une main brutale, se tourne vers moi :

– Alors, le french Indiana Jones is happy ? Il a accompli sa mission ?

Je sens une haine abominable monter dans mes veines, proportionnelle à ma stupeur. Déjà, l'arme a changé de main, passant de celle du junkie à celle de l'oncle Stuart qui sourit à la ronde.

– La comédie a assez duré, reprend-il en s'adressant à moi, tu m'as d'abord causé de grands soucis, mais je dois avouer que tu t'es rattrapé en m'amenant ma chère nièce sur un plateau. Tu es un good boy, je te pardonne. Surtout que je vais être obligé de kill you.

Il pointe son arme sur chacun d'entre nous, comme un sale gosse en train de jouer, tout en énumérant :

– Ma chère nièce, notre héros et son gentil oncle. Ça fait three si je sais compter. Plus l'autre à l'hôpital qui en savait un peu trop, ce junkie aurait vendu son père et sa mère pour de l'héroïne, alors je n'ai pas pu faire de sentiment. Je l'ai fait tuer par son propre ami, la bonne blague ! Quand je vous disais que ces junkies n'ont aucune morale ! Il a eu une mort douce. Ah l'amour ! ajoute-t-il en nous fixant de ses yeux limpides, love isn't my cup of tea, c'est bien comme cela que vous dites, vous les froggies ?

Je glisse un regard furtif vers Lisa recroquevillée contre le mur à côté de mon oncle qui lui serre la main.

Je devrais tenter quelque chose mais je ne suis ni Indiana Jones, ni Superman, ni James Bond, je ne suis que Jim et je réalise que nous ne pouvons attendre aucun secours. Car il est évident que personne n'a alerté le lieutenant.

Je n'ai plus qu'une solution : je lance mes sacs de courses à la volée, de toutes mes forces.

Il les reçoit en pleine figure. J'entends un coup de feu, des cris, on saute sur moi, je me débats, un second coup de feu, la porte explose, Lisa, ma tête heurte une masse dure, je sombre.

Le blanc de l'oubli.

J'ouvre un œil douloureux. Je suis vivant mais dans quel état. Tout me revient, avec une force implacable.

Je suis allongé sur un lit, des ombres bougent au-dessus de moi, je distingue la figure soucieuse de l'oncle Sam qui s'éclaire.

– Te revoilà ! Et avant que les secours n'arrivent ! Je savais bien que tu étais un dur à cuire !

Il s'empare de ma main.

– C'est fini, Jim. Grâce à toi.

J'hésite à comprendre. J'ai l'impression d'être sorti d'un cauchemar qui n'aurait duré que trois minutes mais qui aurait pu remplir l'éternité. Il reprend :

– Heureusement que tu avais averti la police.

– Moi ? j'articule du bout de mes lèvres qui me semblent horriblement épaisses.

– Oui toi, grâce au numéro de cabine que tu avais laissé au lieutenant, il a compris dans quel quartier tu te trouvais et il a fait le rapprochement avec ma modeste demeure. Il est arrivé avec son équipe juste au moment où les coups de feu, qui par chance n'ont blessé personne, retentissaient. Ils ont maîtrisé les deux affreux et les ont embarqués !

Mes lèvres tuméfiées me brûlent terriblement, pourtant je hasarde :

– Et Lisa ?

– Elle est sous bonne garde, en attendant qu'un restant de famille vienne la prendre en charge, si elle en a une... la pauvre gamine, c'est elle la plus à plaindre, perdre son seul oncle, et de cette manière. Mais elle doit être résistante car elle a suivi le lieutenant, toute droite avec son oiseau serré contre elle.

– Elle n'a rien dit ? Pour moi ?

Qu'est-ce que j'attends ? Qu'elle me remercie de m'être trompé de bout en bout ? De l'avoir conduite en enfer ? Sans l'intervention des flics, elle serait sans doute morte. Et moi aussi.

On serait ensemble.

Mais je la veux vivante.

Des pas dans les escaliers. Rapides. C'est le SAMU. On va me soigner. Et pendant ce temps Lisa s'envolera vers des cieux plus cléments.

Le toubib urgentiste nous a ramenés, Sam et moi, à la maison. Il m'a promis que mes lèvres retrouveront leur taille normale dans une petite semaine, et que mon œil récupérera son acuité dès que l'énorme coquard qui le défigure aura perdu de son ampleur.

Je dois avoir fière allure.

Cela fait trois heures que je suis sans mon Américaine, et déjà elle me manque. J'entends ma mère et mon oncle fureter dans la cuisine à côté de ma chambre. Ils discutent à voix basse, sans doute pour me permettre de me reposer.

Je sais que Sam a téléphoné à l'hôtel où seule Marina lui a répondu. Elle était dans tous ses états, la patronne n'étant toujours pas rentrée du commissariat.

Mais laissons Ève Duval. J'ai envie de penser à mon Américaine. J'espère qu'elle n'a pas eu le temps de me voir dans cet état. Même ma mère n'a pas pu retenir un cri d'horreur en m'apercevant. On dirait que j'ai pris dix trottoirs dans la figure, tout le macadam de Paris et sans une board sous les pieds. Comme quoi se mêler des affaires d'une jolie Américaine est plus dangereux que la pratique du skate !

On pousse la porte. Ma mère entre avec un plateau de sucreries. Elle doit s'être mise en quatre pour me concocter les desserts que j'aime.

Elle est suivie du lieutenant qui s'assied sur mon lit pendant qu'elle dépose le plateau devant moi.

– Alors, pas trop traumatisé par cette rencontre avec d'authentiques méchants ?

Il sourit, mais sans ironie. On devine une énorme compassion dans ses traits fatigués. Je prononce du mieux que je peux.

– Pourquoi...

Impossible de terminer ma phrase, trop mal. Il comprend.

– Pourquoi l'oncle Stuart a agi de la sorte ? Pour la meilleure et la plus simple raison du monde : par cupidité. Grâce au fondé de pouvoir avec qui j'ai eu une longue et très utile conversation – entre parenthèses il était catastrophé de t'avoir perdu de vue –, j'ai appris que les directives prises par le père de Lisa peu de temps avant sa mort réduisaient considérablement le train de vie de l'oncle Stuart. Adieu palaces, cercles de jeu, casinos, et comme flamber était son principal métier... Bien entendu, la prétendue association de protection des animaux en voie de disparition n'était que du bidon. Donc la décision d'oncle Stuart a été vite prise : charger quelques complices recrutés parmi des voyous parisiens d'éliminer sa nièce en faisant croire à un cambriolage qui aurait mal tourné. Ce meurtre l'aurait laissé unique héritier d'une fabuleuse fortune.

– Mais c'est monstrueux...

J'ai du mal à articuler, et plus de mal encore à me rendre à l'évidence : le méchant, le mauvais, le coupable, n'est pas celui que je soupçonnais mais celui à qui j'ai livré mon Américaine. Je suis impardonnable.

– Arrête de te tourmenter, Jim ! D'abord ça ne sert à rien, et ensuite j'estime que tu peux être fier de toi.

– Fier de moi ?

– Oui, de toi. Tu as été le seul à croire en la parole de Lisa. Elle sentait obscurément qu'elle était en danger. Et tu l'as crue. Tu n'as jamais mis sa parole en doute. Ça me servira de leçon. Car moi aussi j'ai fait des erreurs, j'aurais dû faire fouiller l'hôtel. Mais si j'avais retrouvé Lisa, où serait-elle à présent ? Je l'aurais sans doute confiée à son oncle... Finalement, c'est le meurtre de ce Gaël Pivert qui m'a dessillé les yeux, là j'ai commencé à me demander qui tirait les ficelles... Alors quand j'ai écouté ton message sur mon répondeur, où tu me parlais de celui qui avait tué le junkie, j'ai voulu savoir dans quel coin de Paris tu te trouvais... Sans toi je serais peut-être arrivé trop tard... L'oncle Stuart commençait à s'impatienter, il était pris à la gorge par ses créanciers. J'ignore encore quel scénario il avait élaboré dans sa tête de pervers mais ses aveux nous l'apprendront certainement. C'est un simulateur de génie. Enfin, Lisa est vivante, et mon collègue m'a annoncé il y a une demi-heure qu'il avait appréhendé le dernier larron, l'assassin de Gaël Pivert. Sans toi, peut-être aurait-on conclu à un règlement de compte entre dealers... je pense aussi que l'oncle Stuart avait élaboré un scénario pour éliminer le fondé de pouvoir, qu'il déteste, et pour cause, mais j'ignore encore lequel... L'interrogatoire nous le dira.

Je glisse un œil vers le plateau. Tout ce que j'aime, gaufrettes à la vanille, chocolat, nounours en guimauve, et une énorme glace à la fraise qui commence à fondre dans la coupe.

– Je te laisse manger et te remettre de tes émotions légitimes ! Au fait, je te rends ton skate, mais Franz Bishof est décidé à le remplacer pour se faire pardonner de ne pas avoir été à la hauteur des événements. C'est un type bien.

Il me laisse le temps d'ingurgiter l'information et poursuit en ouvrant la porte :

– Il va falloir que tu te trouves un autre boulot... ainsi que ton oncle qui, d'ailleurs, prend la chose avec philosophie. En effet, cette pauvre Mme Duval s'est embarquée dans une affaire qui dépassait ses compétences et elle va devoir rendre des comptes à la justice. Marina ne pouvant être au four et au moulin, l'hôtel a fermé ses portes en attendant des jours meilleurs... Mais quelle idée aussi de réclamer une rançon!

Il ferme la porte. J'avale ma glace en imaginant Ève Duval profiter de la disparition d'une jeune fille richissime pour réclamer une rançon. Sans doute se disait-elle qu'elle ne risquait rien, puisqu'elle n'avait pas réellement kidnappé Lisa. Elle devait espérer qu'elle ne réapparaîtrait pas de sitôt, lui laissant le temps de mener à bien la transaction et de s'évaporer dans la nature.

Mais je doute fort que, dans le cas peu probable où l'oncle Stuart lui aurait versé l'argent, il lui aurait laissé la possibilité d'en profiter. Un prédateur n'abandonne jamais ses proies. Et sans le savoir elle s'était mise entre les griffes d'un redoutable félin. Qui a perdu.

– Téléphone pour toi, Jim, m'annonce ma mère qui vient d'entrer dans ma chambre, l'appareil sans fil à la main.

Mon cœur va éclater! C'est elle, c'est mon Américaine!

Ce n'est qu'Élodie.

– Je suis en Corse, il fait une chaleur d'enfer, alors je suis venue voir si tu résistes à la canicule parisienne, ou si tu es déjà mort...

Elle ne croit pas si bien dire !

– Ici, tout baigne, la villa des parents d'Arnaud est super cool, la piscine hollywoodienne, et le catamaran génial. On rentrera fin août, le temps d'en profiter et de s'éclater un max. Au fait, je voulais te prévenir : on est ensemble, Arnaud et moi.

Merci, j'avais compris !

– Tu n'as rien à me dire ?

Hélas, je crains bien que non.

– Tout a été dit, il me semble !

– Peut-être que ça ne durera pas, Arnaud et moi, peut-être qu'à la rentrée je serai lassée et...

– Alors, en attendant, amuse-toi bien et ne pense pas trop à moi !

Elle doit être vexée par mon indifférence, car elle raccroche brutalement.

La nuit est presque tombée. J'entends vaguement des bruits étouffés dans le couloir. Puis la porte de ma chambre s'entrouvre, quelqu'un se glisse à l'intérieur, avance vers moi.

Je me redresse.

Lisa.

Elle sourit. Elle n'a plus le visage apeuré que j'ai connu, ses yeux bleus sont lumineux et chauds. Ils se posent sur mes lèvres, elle approche une main douce.

– Tu dois avoir très mal, chuchote-t-elle.

Je ne réponds pas. Je baigne dans un grand lac d'eau tiède. Si le bonheur existe, il a ce goût-là. Elle met un doigt sur ma bouche.

– Ne parle pas ! Écoute-moi !

Curieux, mais je n'ai pas peur de ce que je vais apprendre. Elle est vivante, plus personne jamais ne lui fera de mal, je veillerai sur elle jusqu'à la dernière goutte de mon sang, je l'aime, à jamais et pour toujours, c'est mon Américaine pour l'éternité.

– Je t'ai menti, ou plus exactement je ne t'ai pas dit la vérité. Tu semblais si content, si fier...

Je ne comprends rien, mais je respire son odeur, eau de pamplemousse et shampoing frais, je la vois, sa bouche qui palpite, son nez minuscule qui hume l'air, ses yeux si bleus que j'ai envie de m'y fondre.

– Je ne suis pas américaine.

Malgré moi, je sursaute.

Elle sourit encore.

– Enfin pas tout à fait. Mon père est né à New York de parents juifs qui ont fui les pogroms de l'Europe de l'Est et qui ont trouvé refuge en Amérique. Ma mère était suissesse. Je suis née et j'ai grandi à Zurich sur les bords du lac avant de partir en pension à Lausanne dans une école internationale. Je connais donc le français qui était la langue de ma nurse et de la fille au pair, l'allemand qui est la langue de ma mère, et l'anglais que me parlait mon père… Tu vois, je suis un fameux mélange.

Elle se rembrunit pour poursuivre, un ton plus bas :

– L'oncle Stuart ne possédait rien en son nom propre, il vivait grâce à la générosité de mon père qui lui a toujours pardonné ses frasques et de ma mère qui était la principale actionnaire du groupe Chocolate. Toi qui es gourmand tu connais sans doute…

Je fais signe que oui. Chocolate c'est mon enfance, et ça me poursuit, pas une semaine sans que j'engloutisse deux à trois tablettes. Je plaisante :

– Si je comprends bien, c'est moi qui assure ta fortune !

Elle rit. Elle est encore plus jolie quand elle rit. Puis elle redevient sérieuse.

– Il a aussi tué mes parents, mais je doute fort qu'il l'avoue un jour. Sauf si le lieutenant arrive à le faire craquer… L'ombre que j'ai vue, penchée sur moi, le visage, c'était lui. Je l'avais occulté, c'était trop épouvantable, je me refusais à y croire. Il nous avait suivis en voiture et, lorsque les freins ont lâché, il est venu s'assurer lui-même que tout était fini. Réglé, en quelque sorte. Et moi qui ai accusé le pauvre Franz qui ne pensait qu'à m'aider ! Le seul qui avait intérêt à nous éliminer, mes parents et moi, c'était Stuart. L'argent avant tout, avant les sentiments... L'argent c'est vraiment le diable, et oncle Stuart était capable du pire pour l'obtenir. Ce que lui donnaient mes parents ne suffisait plus à assouvir ses appétits.

On se tait. J'ai pris sa main dans la mienne. Mais pour le baiser, dans l'état où je me trouve, il faudra attendre.

Soudain, elle se penche sur moi, et je sens ses lèvres sur les miennes.

Cette fille n'a peur de rien. Une authentique pionnière américaine.

Après un temps très long, elle se redresse et murmure :

– Jim, je n'ai pas envie de partir.

Je sais ce qu'il me reste à faire.

Je prononce, et jamais les mots ne m'ont semblé aussi jubilatoires :

– Ma chambre n'est pas un palace, mais il y a de la place pour deux.

Ensuite, on fait, mon Américaine et moi, ce que font les amoureux du monde, toutes nationalités confondues, et c'est bien.

L'AUTEUR

Geneviève Senger est née en août 1956 à Mulhouse, par un de ces jours dont l'Alsace a le secret, plein de soleil et de chaleur.
À six ans, à l'école, elle a découvert les livres. Alors a commencé sa passion pour la langue française et elle a su qu'un jour elle serait écrivain. Pourtant, elle a mis longtemps à prendre la plume… peut-être n'osait-elle pas.
Aujourd'hui, elle vit en Alsace avec ses enfants et ses arbres et elle écrit des livres. Des livres qui naissent de sa mémoire. Des mélanges de fiction et de réalité, de souvenirs et de rêves.

DANS LA MÊME COLLECTION

120 minutes pour mourir, Michel Amelin
À l'heure des chiens, Évelyne Brisou-Pellen
Allô ! Ici le tueur, Jay Bennett
Arrêtez la musique !, Christian Grenier
Assassinat rue Morskaïa, Michel Honaker
L'assassin est un fantôme, François Charles
@ssassins.net, Christian Grenier
Big Bug, Christian Grenier
Carton rouge ou mort subite, P. Barbeau/R. Judenne
Coupable idéal, Jean Molla
Coups de théâtre, Christian Grenier
Crime à tous les étages, Alice Hulot
Crime d'auteur, Jacques Asklund
Croisière en meurtre majeur, Michel Honaker
Folle à tuer ?, Catherine Missonnier
Meurtre au lycée, Geneviève Senger
L'oiseau de mort du cap Horn, Jean Merrien
L'Ordinatueur, Christian Grenier
Panique aux urgences, B. Aubert/G. Cavali
Panique sur le télésiège, Thomas Brezina
Un printemps vert panique, Paul Thiès
Le secret de la momie rouge, Thomas Brezina
Simulator, Christian Grenier
Sombre trafic, Catherine Missonnier
La sorcière de midi, Michel Honaker
Souviens-toi de Titus, Jean-Paul Nozière
Week-end mortel, Jean-Paul Nozière

Achevé d'imprimer en France en février 2005
sur les presses de l'imprimerie Hérissey
Dépôt légal : février 2005
N° d'édition : 4136
N° d'impression : 98515